民俗
经典

灯谜
趣事

李焱 ◎ 著

中国文史出版社

图书在版编目（CIP）数据

灯谜趣事 / 李焱著. -- 北京：中国文史出版社，
2023.2

ISBN 978-7-5205-3807-7

Ⅰ . ①灯… Ⅱ . ①李… Ⅲ . ①灯谜–基本知识–中国
Ⅳ . ①I207.7

中国版本图书馆 CIP 数据核字（2022）第 185900 号

责任编辑：蔡晓欧

出版发行：**中国文史出版社**

社　　　址：北京市海淀区西八里庄路 69 号院　　邮编：100142
电　　　话：010-81136606　81136602　81136603（发行部）
传　　　真：010-81136655
印　　　装：廊坊市海涛印刷有限公司
经　　　销：全国新华书店
开　　　本：720×1020　1/16
印　　　张：14.75　　　字数：185 千字
版　　　次：2023 年 2 月第 1 版
印　　　次：2023 年 2 月第 1 次印刷
定　　　价：49.80 元

目录

第一章　灯谜知识

一、灯下谈文虎

过去，灯谜有个非常形象的名字——文虎。为什么用"虎"喻"谜"呢？大概因为虎行踪不定，难捕难捉。自古打虎的都是英雄，由于老虎难打，灯谜亦难猜，所以猜灯谜也叫"打虎"或"射虎"。

灯谜最早的形式是文义谜或文字谜，即以字面的文字表述即谜面，来猜测其内在含义即谜底。这应该是文人之间或饮酒作乐或炫耀才气时所做的一种文字游戏吧。那么，中国人是何时开始这种文字游戏的呢？

目前保留的最早的文字记载是《曹娥碑》。曹娥是东汉孝女。其父溺水死于江中，年仅14岁的她守在江边昼夜号哭17天，后投江寻父，竟于5天后抱父尸回到岸上，令人动容。东汉政府为表彰曹娥的孝心，命书法家邯郸淳作碑文。邯郸淳提笔而就，文采飞扬，众人叹服。文学家蔡邕（蔡文姬的父亲）闻讯赶到时已经夜深，他用手触摸碑文，读完全篇后，刻下"黄绢幼妇，外孙齑臼"八个字在碑的后面。天明时，人们发现了这八个字，不明其意。据说这时曹操和杨修恰好路过此地，曹操看过后明白了蔡邕的意思，但他没说出来，反而问杨修。杨修是个聪明人也是爱炫耀才华的人，便滔滔不绝道："黄绢是染色的丝，得个绝字；幼妇是少女，即妙字；外孙是女儿生的孩子，即好字；齑臼是存放辛辣食品的容器，即辞字，综合在一起就是四个字，绝妙好辞！"众人恍然大悟，击掌赞叹。曹操本妒杨修，听罢妒忌愈甚，后来终于找个理由将杨修杀了。不过，我们这里关注的不是杨修和曹操，而是字谜和灯谜。

字谜出现后，才有了灯谜。那么，灯谜是何时出现的呢？考证目前掌握的文献资料，在明代田汝成著的《委巷丛谈》中有"杭人元夕，多以谜为猜灯，任人商略"之语。这句话说的是南宋时期，杭州人民在元宵节以猜灯谜为乐，由此可知，南宋时就有了灯谜。

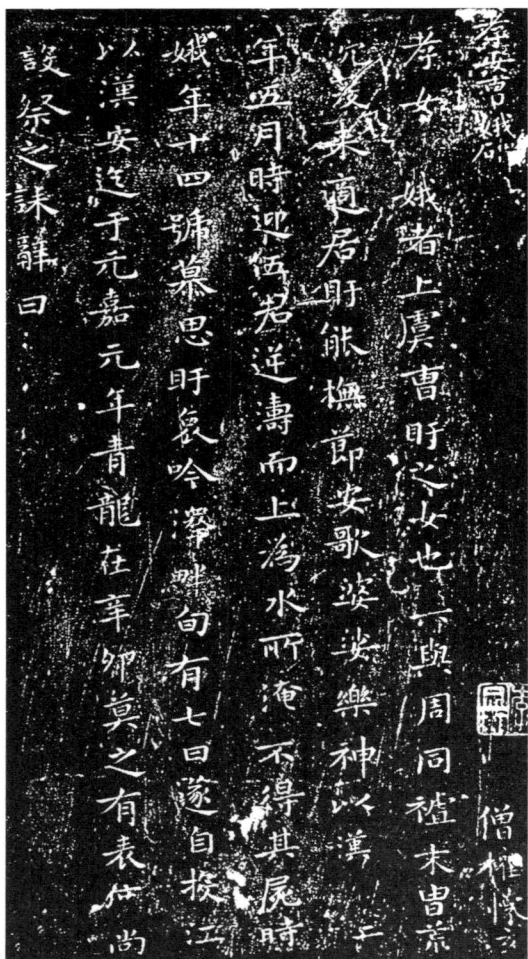

曹娥碑文

民间也有关于灯谜起源的传说。相传有个财主，人称"笑面虎"。他惯以衣帽取人，见到穿绫罗绸缎的就谄笑巴结；遇着粗衣毡帽的就满脸鄙夷。元宵节前，青年王少因家穷无米，无奈来到笑面虎家借粮食。笑面虎见其衣衫褴褛，连门都没让他进，一粒米也没借给他。王少回家越想越气，就在元宵夜扎了一个花灯，并在花灯的下面挂了一张写着字的宣纸。王少提着灯来到笑面虎家门前。笑面虎看到花灯下面有字条，就凑过去读了起来：

> 头尖身细白如银，
> 上称没有半毫分；
> 眼睛长到屁股上，
> 只认衣裳不认人。

笑面虎读罢大怒，你王少不是在骂我吗？便命家人去抢花灯。王少微微一笑，对笑面虎说："且慢。我这是个文字谜，谜底是女人做衣服用的'针'。你仔细看看是不是？"笑面虎又读了一遍，发现确实是那么回事，就无可奈何地关门回家了。围在一旁看热闹的邻居们不禁哄堂大笑。

后来，每到元宵节，人们便制作花灯，并在花灯下挂个灯谜。从此，元宵夜赏花灯、猜灯谜就成了人们最喜爱的活动。

灯谜当然与灯有关。古代元宵节时用的灯是绢灯，也称作"包灯"，因为它是明朝遗臣包壮行首制。包壮行，字穉修，扬州人。明崇祯癸卯进士，后任工部主事。包壮行善绘画，目前南京博物院还藏有他的《松柏祝寿图》。而他留给后世最大的礼物则非包灯——元宵节的绢灯莫属。包灯什么样呢？清嘉庆《如皋县志》记载："包灯，蛇皮、纱绢、通草制为春灯。花草、人物、翎毛，工巧极至。"这是说，包灯用蛇皮和纱绢为主要原料制成。可惜，这种制作工艺现在已经失传了。

绢灯的样式数不胜数。动物类的有凤凰灯、仙鹤灯、麋鹿灯、兔儿灯、鹰儿灯、虎儿灯、马儿灯等；植物类的有蘑菇灯、菱角灯、树灯；神仙类的有仙女灯、八仙灯等。

灯谜一般用毛笔在一条宣纸上写就，挂在绢灯的下面。不过，现在的灯基本都是塑料制造的，而挂在下面的灯谜一般都是用红纸写的。

二、露春不是谜

露春是灯谜术语，也称偷香、骂题、泄白、漏底，是指谜底的字出现在谜面上，底面相犯，所以露春也称犯面。比如灯谜：

西出阳关无故人（电影名）　谜底：人生。

这个灯谜的谜底和谜面都有"人"字，就是犯面露春了，成为"病谜"。为什么灯谜不允许露春呢？

因为灯谜最大的特点就是"隐"，而底面相犯就是转"隐"为"现"，使谜底半露于谜面中，让猜射者失去了本该有的新鲜感和成就感。比如灯谜：

算命先生（词牌名）　谜底：卜算子。

这个灯谜在谜底和谜面里都有"算"字，就是露春，当然也就是不合格的灯谜了。制谜者应时刻谨记底面不能相犯的原则，极力回避可能产生的露春。不过，制谜者经常会遇到这种情况：将古诗文中的原句作为谜面时，谜底不得不露春。为解决这种问题，制谜者发明了"露春格"，即在谜目中标明"露春格"，告诉猜射者谜底和谜面有相犯的字。比如灯谜：

踏遍青山人未老（露春格，毛泽东诗词二句）　谜底：阅尽人间春色、风华正茂。

这个灯谜谜面和谜底都有"人"字，标出"露春格"后，猜射者知道谜面里有一个字是谜底里出现的字。谜底"阅尽人间春色"出自毛泽东的《念奴娇·昆仑》："横空出世，莽昆仑，阅尽人间春色。

飞起玉龙三百万，搅得周天寒彻。"谜底"风华正茂"出自毛泽东的《沁园春·长沙》："恰同学少年，风华正茂；书生意气，挥斥方遒。指点江山，激扬文字，粪土当年万户侯……"

露春格，也称偷香格、泄白格、露面格、漏底格。比如灯谜：

施朱则太赤，傅粉则太白（偷香格，七唐一句）　谜底：却嫌脂粉污颜色。

这则灯谜里的"粉"字为露春。谜底出自唐代诗人张祜的《集灵台二首》："日光斜照集灵台，红树花迎晓露开。昨夜上皇新授箓，太真含笑入帘来。虢国夫人承主恩，平明骑马入宫门。却嫌脂粉污颜色，淡扫蛾眉朝至尊。"

露春格细分，又引申出露头格、露颈格、露腹格、露胫格、露尾格。这5个谜格是露春格的子格，它们的定义都与谜底的字数有关。露头格是指谜底与谜面相犯之字为第一个字；露颈格是指谜底字数大于4个时，相犯之字在第二个；露腹格是指谜底字数为3个以上的奇数，相犯之字在中间；露胫格是指谜底字数为4个以上，相犯之字在倒数第二个；露尾格是指相犯之字在末尾。

谜坛还有一个存在争议的问题，就是半露面。字谜谜面中的某个字，在谜底中与其他笔画组成一个新字，这种现象称为"半露面"。比如：

枯木逢春（打字一）　谜底：椿。

这个灯谜的谜面中的"木""春"，组成了谜底的"椿"。

叩门犬不吠（6笔字）　谜底：扣。

这个灯谜谜面里的"门"与"扌"组成谜底"扣"。

人到包头又相逢（6笔字） **谜底：欢。**

这个灯谜谜面里的"又"字与"欠"字组合成谜底"欢"。

不过另一种观点认为不存在所谓的"半露面"。因为按照拆字法的规定，完全可以用谜面中的字与其他字和笔画组合，得到谜底。而且灯谜的好坏看的是扣合的精巧与否，"半露面"不能破坏这个原则。

如今，灯谜的题材日益创新，词汇也随着科技进步而不断丰富，露春格已经淡出灯谜爱好者的视野。至于在灯谜中直接露春，更让灯谜制作者看作是低级错误，并引以为耻，所以说露春不是谜。

三、灯谜与谜语

说完灯谜，有必要谈谈它的近亲——谜语。之所以说是近亲，是因为人们常将二者混淆。那么，灯谜与谜语有哪些区别呢？

1．谜面不同。灯谜的谜面多种多样，可以是诗词、字、图等；而谜语多以民谣、歌谣、顺口溜等形式表现出来。比如灯谜：

飞入寻常百姓家（动物） **谜底：燕子。**

这个灯谜巧用唐代诗人刘禹锡的诗作《乌衣巷》中的一句"旧时王谢堂前燕，飞入寻常百姓家"，如果对此诗不熟悉，就无法猜得正确答案。灯谜的特点就是"曲折隐意"，通俗讲就是"有话不好好说"。它要求猜射者不仅有丰富的文学知识，而且还要兴趣广泛，涉猎百科。

然而，谜底同样是"燕子"，谜语的谜面则采取民谣的表达方式，通过形象的描写，将谜底跃然纸上。谜语：头有毛栗大，尾巴像钢叉；身在泥里睡，离地一丈八。（打一动物）从谜面可以看出，如果没有生活知识和阅历，不知道毛栗和钢叉什么样、什么动物在离地一丈八的泥里睡觉，就无法在头脑里形成一个接近谜底的画面。

可以说，灯谜要求猜射者有书本知识的积累，而谜语更倾向猜射者有生活阅历的沉淀。当然凡事没有绝对，灯谜谜目（猜射范围）中有"市招"，即商铺招牌、广告用语，就需要生活知识；谜语中有"字谜"，就要求猜射者有书本知识。

从谜面内容的差异，我们可以用"文义谜"和"事物谜"来分别概括灯谜和谜语。作为"文义谜"的灯谜，主要是通过"曲折隐意"的谜面，配合谜目和谜格（猜射方法），来射覆谜底；作为"事物谜"的谜语，则通过"回互其辞"，即转换表达方式，以生活中常见的动物、植物、自然现象等为对象来设置谜面。

"文义谜"和"事物谜"是灯谜和谜语的本质区别，但由于它们通过谜面表现出来，在这里，笔者将这个本质区别也归于谜面的不同。

2．谜目不同。谜目，指猜射的范围和数量。它是灯谜和谜语的眼睛，通过它的提示，就能够看到谜底的基本特征和属性。谜目是灯谜的术语，在谜语中，它叫"猜射范围"。

灯谜的谜目繁多。有古代文学作品题材的，如《聊斋志异》的"聊目"，《唐诗三百首》的"五唐""七唐"，《古文观止》的"古文目"，《水浒传》的"泊人"，《红楼梦》的"红人"等；有历史题材的，如"朝代""古官职""考古""古国名"；有经济题材的，如"金融""股市""财务""商标""广告"等，还有科学、工业、体育、医药卫生、人物称谓、成语典故等百余种。

灯谜：大漠孤烟直，长河落日圆。（成语一）

想象一下，在广袤的沙漠中，一束狼烟直直地飘上天空，这样的画面能给我们什么启示？当然是无风的日子。长河里太阳的倒影是圆的又说明什么？当然是水中没有波澜。那么谜底显而易见就是成语"风平浪静"了。

而谜语的猜射范围则仅限于事物和文字。如人物、生理状态、自然现象、动物、植物、矿物、服饰、食品、建筑、文具、文件、农业用具、工业用具、商业用具、交通用具、娱乐用具、家用品、嗜好品、迷信用品等；字谜有一字谜、二字谜、三字谜、四字谜甚至十字谜。

谜语：

一堵大围墙，墙外水汪汪，水从左边走，冲走右边墙。（打字一）谜底：汇。

同样的谜底用灯谜表达是：画廊三面傍西湖。谜面和谜目的差别，可以让我们一眼分辨出来哪个是灯谜，哪个是谜语。总地说来，灯谜比谜语的射覆范围广，不仅包括事物，而且还有诗词歌赋等文学作品，甚至抽象的名词和电影台词都可以，真是无所不包，应有尽有。

3．谜格不同。谜语没有谜格，谜格是灯谜所独有的射覆规则。谜格如体育比赛的规则，人们猜谜时一定要按照谜格的规定，把谜底字的结构、读音、偏旁部首与谜面进行扣合后，得出正确的答案。

广陵十八格图

谜格的首创者是明代扬州人马苍山,他创作了《广陵十八格》。晚清文学家俞樾创作了《射虎二十四格》。最多时曾经有近500个谜格,但常用的不到40个。比如:

戍边(打徐妃格形容词一) 谜底:尴尬。

不义之财(打卷帘格成语一) 谜底:罪有应得。

收集民歌(打秋千格杂志名一) 谜底:风采。

徐妃格是根据《南朝后妃传》中徐妃"半面之妆"的典故而得名。谜底为2个字或以上,字的偏旁一样,但读音以不加偏旁时为准。"尴尬"去掉偏旁就是"监介",字音别解为监视边界。

卷帘格的谜底为3个字或以上,要倒过来读以扣合谜面。如"罪有应得"倒过来读就是"得应有罪"。

秋千格是移动字序来扣合谜面的谜格,谜底限用2个字。如"风采"倒过来读就是"采风",就是收集民歌的代称。

综上所述,谜语的谜面一般是朗朗上口的民谣或歌谣,猜射方法没有谜格的规定,相对灯谜来说,特色比较单一。而灯谜更具有文学性和趣味性,与谜语相比,它更为文人雅士所喜爱。

四、歇后语非谜

歇后语与成语、谚语、惯用语并列为四大熟语之一。它由引子和后衬两部分组成,以歇后语"猪八戒照镜子——里外不是人"为例,"猪八戒照镜子"是引子;"里外不是人"是后衬。歇后语不是用来猜的,而是作为一种熟语,有人说出"引子",一般都能得到回应,因为听者知道"后衬"的内容。比如"外甥打灯笼",几乎没有人不知道它的后衬是"照旧（舅）"。那么，歇后语与灯谜和谜语有什么区别呢？

1．无需射覆。灯谜和谜语是需要射覆的，但歇后语不用。虽然歇后语的引子和后衬与灯谜的谜面谜底相似，但歇后语的引子和后衬必须是同时出现的。当然如果是前面引述的那两则脍炙人口的歇后语，人们也会省略后衬，以便达到语言的幽默效果。歇后语的"后衬"一般都是对引子的直接表达，比如：

孔夫子搬家——尽是书（输）；

三十六计——走为上策；

狐狸吵架——一派胡（狐）言。

这些我们耳熟能详的歇后语，是日常对话中经常用到的熟语，也是调节气氛的神来之笔。往往说出引子，就能博得听者的共鸣；再道出后衬，更是锦上添花。

2．无需范围。灯谜有谜目，谜语有猜射范围，歇后语则没有这样的限制。歇后语可以对引子进行逻辑推理来形成后衬，比如：

八十岁老翁挑担子——心有余而力不足；

把鼻涕往脸上抹——自找难看；

白骨精说人话——妖言惑众。

也可以通过类比，形成歇后语，比如：

水仙不开花——装蒜；

板凳倒立——四脚朝天；

博物馆里的陈列品——老古董。

此外，还可以通过谐音、对联、藏尾、混合等形式获得歇后语。像前面提到的"孔夫子搬家"就是谐音类的歇后语；对联类的歇后语有"明枪易躲——暗箭难防"等；藏尾类的歇后语有"礼义廉——无耻"等；混合类的有"阎王爷嫁女——鬼才要"等。

3．表达状态。我们知道灯谜和谜语的谜底是事物、诗词、文字等，但歇后语的后衬一般表达的都是一种状态。这种状态可以表达行为，也可以表达时间，还可以表达情绪，它可以是任何一种状态。

表达行为状态的歇后语：

吃了秤砣——铁了心；

冲着姨夫叫丈人——乱认亲。

表达时间状态的歇后语：

病好郎中到——晚了；

八月十五看龙灯——晚了大半年。

表达情绪状态的歇后语：

老虎嘴里拔牙——胆子大；

抽了架的丝瓜——蔫了。

4．别解在后。灯谜最重要的规则就是别解，即利用汉字的多音、多义、偏旁笔画组合等特性，改变原意、原貌，阐述新意、新貌。如：

二月平（打字一）　　谜底：朋。

这个灯谜就是利用汉字偏旁的组合，将两个"月"平起平坐、齐头并进，组合成"朋"字。灯谜的谜面和谜底都可别解。而歇后语恰恰与灯谜相反，它必须先直解，然后通过谐音、词性转换等达到"别解"。也就是说歇后语的引子通过口语化的直接表述，获得"后衬"的结论。如：

暗室里穿针——难过。

引子说的是在黑暗的房间里穿针引线，后衬的结论是"难过"。但此"难过"说明纺线难以穿过针孔，在实际应用中则变动词为形容词，指的却是心情的"难过"。这就是歇后语的"别解"。

如果我们将灯谜的谜面看作是它的前半部分，谜底看作是它的后半部分；将歇后语的后衬看作是它的后半部分，那么我们可以说，灯谜的别解可前可后；歇后语的"别解"仅在后。

歇后语是劳动人民智慧的产物，所以它非常口语化。它无需猜射，没有范围。它的引子可以海阔天空，但都与人们的劳动和生活有关。即便涉及古典文学名著，也不会离开百姓的理解范围。总之，歇后语非谜，不能将二者混淆。

五、别解方成谜

齐鲁书社1990年出版的《中国灯谜词典》是这样解释"别解"的：利用汉字一字多义的特点，在灯谜中不作原义解，而引申出歧义，达到"回互其辞"的灯谜效果。"别解"是灯谜的核心，它分为汉字属性别解和灯谜结构别解。

汉字属性别解

汉字由偏旁部首组成，它由笔画、读音和字义等内在元素构成汉字的属性。制谜者通过对汉字的偏旁部首重组，利用汉字一字多音、一字多义、一音多字等特点，创造出很多别开生面的灯谜。

1．字形别解。制谜者通过对汉字结构的增损、移位，创造出增损体裁的灯谜；利用汉字的象形属性创作出象形体裁的灯谜，如：

加倍不少，加一不好。（打字一）　谜底：夕。

这个灯谜就是通过增损汉字的偏旁部首，来达到别解的目的。"不少"是"多"，"不好"为"歹"。不加倍的"多"和不加一的"歹"，就是谜底"夕"。

2．字音别解。汉字一字多音、一音多字，通过谐音、异读、指代等方法，可以达到音同义异的别解目的，如：

孙山观榜。（打四川地名一）　谜底：巴中。

此灯谜谜面利用名落孙山这个成语，使猜射者很自然地想到孙山看榜的唯一结果，就是落榜——不中。然后利用谐音巧妙地将"巴"和"不"联系起来，精彩地说明了字音别解的妙用。

3．字义别解。就是通过对汉字和词的语义转换来创造会意体裁的灯谜，如：

兵工厂盘点。（打武器名一）　谜底：核武器。

兵工厂的产品主要是武器，盘点就是"核对"数目，所以兵工厂盘点就是核对武器数目，谜底理所当然就是"核武器"了。

灯谜结构别解

1．**谜底别解**。通过对谜底原义的别解，来扣合谜面，如：

刀枪入库。（打《水浒传》人名一） 谜底：武松。

"武"代表武装、军事，引申为"刀枪"；"松"指松懈、松散、放松，别解为"将武器存入库房"。

2．**谜面别解**。指对谜面进行歧义别解，谜底取本义，如：

发言不许拿讲稿。（打体育名词一） 谜底：空手道。

"发言"就是讲话，就是"道"；不拿讲稿发言，当然是"空手"，所以别解谜面，谜底即为"空手道"。

3．**底面别解**。就是谜底和谜面都要别解，才能体现灯谜的效果，如：

儿童溜冰冠军。（打口语一） 谜底：小滑头。

谜面"儿童溜冰冠军"，别解为"年纪小的滑冰头名选手"，即"小滑头"。谜底"小滑头"，本义是狡猾、善用心机的年轻人，别解为"儿童溜冰冠军"。底面别解，互相扣合。

六、五类灯谜格

谜格是灯谜的预设条件，猜射者要根据谜格本身的要求去射覆谜底。还记得我们在前面讲过的《曹娥碑》的故事吗？后人将"绝妙好辞"的解法设计成谜格，名为曹娥格，成为中国最早的谜格。

谜格有多少？明代马苍山认为灯谜有18格。到了清代，文学家俞樾总结出"射虎二十四格"。之后，灯谜爱好者创造了近500个谜格。时至今日，常用的谜格大约有40个。这里我们主要介绍五大类共十个谜格。

1．移字类谜格。这类谜格要求将谜底文字的位置进行前后掉换，以扣合谜面。移字类的谜格有秋千格、卷帘格等。

秋千格要求谜底为两个汉字，两个

清代楹联大师俞樾

字前后移动后与谜面扣合，如：

千里驹（打秋千格《三国演义》人名一） 谜底：马良（读：良马）；

皿（打秋千格汽车部件一） 谜底：底盘（读：盘底）；

户（打秋千格国名一） 谜底：也门（读：门也）。

卷帘格要求谜底至少为三个字，扣合谜面时要将谜底从后往前倒读，如：

为师清门户（打卷帘格成语一）　谜底：亡命之徒（读：徒之命亡）；

你说好（打卷帘格欧洲国家名一）　谜底：安道尔（读：尔道安）；

此乃栋梁材（打卷帘格黑龙江地名一）　谜底：佳木斯（读：斯木佳）。

2．谐读类谜格。这类谜格利用汉字一音多字的特点，要求将谜底内某个位置上的字读成谐音的他字，以扣合谜面。常用的谐读类谜格有白头格、粉底格等。

白头格要求谜底为两个字以上，且第一个字要读成谐音扣合谜面，如：

假姑娘（打白头格四川地名一）　谜底：南（谐音：男）充；

梅竹菊（打白头格花卉名一）　谜底：吊（谐音：掉）兰；

冠亚季军（打白头格科学家一）　谜底：钱（谐音：前）三强。

粉底格要求谜底为两个字以上，且最后一个字要读谐音以扣合谜面，如：

东风（打粉底格食品一）　谜底：西瓜（谐音：刮）；

飞身上马（打粉底格文娱用品一）　谜底：跳棋（谐音：骑）；

山东消息（打粉底格作家一）　谜底：鲁迅（谐音：讯）。

3．**拆字类谜格**。这类谜格是利用汉字的偏旁部首可以拆解单独成字的特点，来扣合谜面。常用拆字类谜格有虾须格、燕尾格、徐妃格等。

虾须格要求谜底为两个字或以上，且第一个字要拆解成左右两部分以扣合谜面，如：

小妹挥毫画牡丹（打虾须格成语一）　谜底：妙笔生花。

"妙"字左右拆解就是"少女"，正好与谜面中的"小妹"扣合；

一下火车就生了（打虾须格生理名词一）　谜底：胎生。

"胎"字左右拆解就是"月台"，而"月台"是火车站特有的候车点，正好与谜面的"一下火车"扣合；

特使抵家（打虾须格机关名词一）　谜底：传达室。

"传"字左右拆解就是"专人"，正好扣合谜面的"特使"。

燕尾格要求谜底为两个字以上，且最后一个字拆解成左右两部分以与谜面扣合，如：

自封为王（打燕尾格数学名词一）　谜底：立体。

谜底最后一字"体"，拆解成两个字就是"本""人"。这样，谜底就读成"立本人"，扣合谜面；

可以不动手术（打燕尾格法律名词一）　谜底：免刑。

谜底最后一字"刑"，拆解成两个字就是"开""刀"。谜底读成"免开刀"扣合谜面"可以不动手术"；

南腔北调集（打燕尾格新闻名词一）　谜底：采访。

　　谜底最后一字"访"，拆解成两个字就是"方""言"。谜底"采方言"扣合谜面"南腔北调集"。

　　徐妃格又称半妆格，相传南北朝时期的梁元帝相貌丑陋，美丽的徐妃心中厌恶。一次，徐妃仅将半个脸薄施粉黛，便出来应付梁元

梁元帝

帝，气得他大怒而去。唐代李商隐的七绝《南朝》中就有"休夸此地分天下，只得徐妃半面妆"，来形容徐妃的美貌。顺便说一句，"徐娘半老"中的徐娘正是这个徐妃。徐妃格要求谜底为两个偏旁部首相同的字，去掉偏旁部首后，两个字的读音扣合谜面，如：

口（打徐妃格婚姻用词一）　谜底：伴侣。

"伴侣"去掉"亻"的偏旁，就是"半吕"。"吕"的一半是"口"，扣合谜面；

昼夜（打徐妃格常用词一）　谜底：潮汐。

"潮汐"去掉"氵"的偏旁，就是"朝夕"。朝是白天，夕是晚上，正好扣合谜面"昼夜"；

属牛（打徐妃格常用词一）　谜底：吓唬。

属相的排列顺序是子鼠丑牛寅虎。"吓唬"去掉"口"的偏旁，就是"下虎"，正好扣合谜面。

徐妃格还有另外三种变化，即相同部首在上面的揭顶格；部首在下面的放踵格；部首在外面的蝉脱格。这里就不详细介绍了。

4．对偶类谜格。这类谜格的谜面与谜底，如对联的上下联一样呼应，代表谜格有求凰格。求凰格的谜面是上联，谜底为下联。和对联一样，要求对仗工整，但须在谜底前面或后面加一个附加字，如"双、对、齐、二、和、匹、共、同"等，例如：

收（打求凰格二字词语一）　谜底：对付。

"付"与"收"相对，扣合谜面。按照求凰格要求，再加上一个"对"字，组成"对付"词组，就是谜底的正确答案；

辣和酸（打求凰格成语一）　谜底：同甘共苦。

谜底中"甘共苦"与谜面"辣和酸"相对。按照求凰格要求，再加上一个"同"字，组成成语"同甘共苦"，就是谜底的正确答案；

碗底（打求凰格酒名一）　谜底：二锅头。

谜底中"锅头"与谜面"碗底"相对。按照求凰格要求，再加上一个"二"字，组成酒名"二锅头"，就是谜底的正确答案。

5．隐目类谜格。用这类谜格创造的灯谜，只须标明谜格，但不标谜目。猜射者要将谜目与谜底同时猜出，才能扣合谜面。这类谜格也有很多，但最常用的就是骊珠格，例如：

俭可养廉（骊珠格）　谜底：节令清明。

"节令"是本灯谜的谜目，与"清明"一起扣合谜面；

姑娘相亲唯文人（骊珠格）　谜底：省会武汉。

"省会"是该灯谜隐藏的谜目，在这里别解为"不去会"。这样谜底就可以别解为"不去会（有）武艺的汉子"，扣合谜面；

驻华大使馆（骊珠格）　谜底：外国人居里。

"外国人"是本灯谜的谜目，外国人居住在里面，正好与谜面"驻华大使馆"相扣合。

文人雅士喜欢有谜格的灯谜，他们认为这样的灯谜不仅趣味性大幅增加，而且更加考验猜射者的知识积累和逻辑能力（部分谜格在

第五章第四节；第七章第五节、第六节；第八章第一节；第九章第二节、第六节；第十章第五节中有介绍）。灯谜作为一种文字和语言游戏，仅靠谜格增加趣味性还不够，佳谜还得有好体裁相配。那么，灯谜都有哪些体裁呢？

七、四种谜体裁

文章有论文、诗歌、散文、小说等体裁，灯谜如文章一样，也有自己的体裁。常用的灯谜体裁有会意体、增损体、象形体和拟声体，俗称"四大谜体"。谜体不同，谜面和谜底的扣合方式也就不同。下面，笔者带领大家一一见识"四大谜体"的各自精彩。

1．会意体。顾名思义，就是根据谜面文字的含义直接扣合谜底，它是制谜者普遍使用的一种谜体，有十谜九会意之说。例如：

春夏秋冬来复去（打生物学名词一）　谜底：年轮。

谜面的"春夏秋冬"别解为年，"来复去"表示轮回、更替。根据谜目的提示，谜底就是生物学名词——年轮。

灯谜的会意体裁从思考角度不同，还可分为正面会意、反面会意、分段会意和侧面会意四种。

正面会意就是以谜面文字为依据，用正面的角度（比如同义词）来扣合谜底。例如：禁止放羊（打唐代诗人名一）谜底：杜牧。猜射者将"禁止"正面会意为"杜绝"，"放羊"会意为"放牧"，别解出谜底"杜牧"，扣合谜面。

反面会意就是以谜面文字为依据，从反面的角度（比如用反义词）来扣合谜底。例如：黑（打字一）谜底：皈。猜射者将"黑"反面会意后，得出"白"字。而"白"字加个"反"字，白的反义不正是"黑"吗？谜底"皈"扣合谜面。

分段会意就是将谜面文字分成两个或以上部分进行别解，以扣合谜底。例如：合家盼郎归（打民族四）谜底：满、门巴、汉、回。这个灯谜的谜面虽然仅有五个字，但用分段会意法，分别将"合"别解成"满"；"家盼"别解为"门巴"；"郎"别解成"汉"；"归"别解成"回"，这样就扣合了谜底需要的四个民族。

侧面会意就是以谜面为依据，从与其相关联事物来别解出扣合谜面的谜底。例如：汉语（打古文篇目一）谜底：过秦论。谜面的"汉"这里解析为汉朝。汉朝在秦朝之后，用侧面会意为"过秦"，过了秦朝就是汉朝。"语"别解为"论"。这样，谜底"过秦论"扣合谜面。

2．增损体。顾名思义，就是通过增减、分聚汉字笔画或谜面文字的方法，使谜面与谜底扣合。增损方法大约有12种，即增补、减损、离合、方位、运算、辗转、包含、半面、参差、影映、指代、移位。这里仅举增补法和减损法两例说明。

增补法举例：工人二位（打字一）谜底：巫。本灯谜用增补方法别解出"人二位"，即两个"人"字需要增补"工"字。谜底"巫"字扣合谜面。

减损法举例：该省一半则省一半（打字一）谜底：刻。本灯谜用减损法，将"该"的一半"亥"，"则"的一半"刂"别解出谜底"刻"字，扣合谜面。两个字的另一半，即"讠"和"贝"组合在一起，没有相应的汉字。

3．象形体。因为汉字是象形文字，灯谜制作者巧用汉字这个独特属性，使灯谜底面扣合。我们可从下面这则象形体古谜中进一步了解它的特色：

远树两行山倒影，轻舟一叶水平流。（打字一）　谜底：慧。

"慧"字是上中下结构。上面由两个"丰"字组成，中间是"彐"，下面是"心"字。我们先用分段会意法拆解谜面，来看看此谜底面扣合的精彩。

"远树两行"就是"慧"字上面的两个"丰"；"彐"则是"山倒影"；"乚"像是"轻舟一叶"；"心"上的3点恰似"水平流"。现在我们再看"慧"字，是不是像在欣赏一幅优美的风景画？

象形体灯谜数量较少，但却是灯谜大戏中绚丽的一幕。

4．拟声体。又称象声体，是利用汉字的象声词和模拟声音的词使灯谜底面扣合的体裁。例如：

呻吟（打常用词语一）　谜底：病号。

谜面"呻吟"是一种无力的声音，谁是发出这样声音的人呢？不言而喻，当然"病号"扣合谜面。

至于猜测灯谜的方法，一般是什么样的谜体就用什么猜谜法。比如会意体灯谜，就用会意法去猜射；增损体灯谜就用增损法去射覆。这里就不一一介绍了。

第二章 名人灯谜

一、东坡半句谜

苏轼（1037—1101），字子瞻，号东坡居士，眉州眉山（今四川）人，北宋时期的文学家、书画家、词人，在文学艺术领域堪称大家。苏东坡爱好灯谜，是制谜和猜谜的大师。

苏东坡的朋友袁公济也是灯谜高手，俩人常常切磋，较量灯谜技艺。但袁公济负多胜少，心中一直不服气。有一年正月，杭州连降瑞雪两天，大地被一片白色覆盖。袁公济便邀苏东坡一同前往西湖赏雪。当然，袁公济是有目的的。因为头天下雪时，他苦思冥想，制作了一条自认为难度颇高的灯

苏东坡像

谜，希望以此难住"老对手"苏东坡。

来到西湖，袁公济望着洁白的西湖对苏东坡说："瑞雪连降，西湖如脂，转眼又是一年元宵灯节了。"

苏东坡非常了解袁公济的个性，听到他提及灯节，便知道又有谜猜了，就说："兄台最近可有佳谜？"

袁公济连忙道："有倒是有，就是……"

苏东坡打断他，说："今天这么好的美景，如果再有佳谜岂不是美上加美？兄台请快快说来。"

袁公济慢声道："这灯谜的谜面是雪径人踪灭，谜目是打半句七言唐诗。"

苏东坡惊讶道："半句七言？那是几个字呢？3个？4个？"

袁公济面带笑容，道："居士，恕我不能多言。"

苏东坡生性机智，就边用眼角瞧着袁公济的表情边说："难道是三个半字？"

袁公济一愣，摆手说："不能多言，不能多言。"

苏东坡看到袁公济表情的变化，心中有了主意，便说："我们再往前走走。"

袁公济点点头，与苏东坡朝东边树林方向走去。一群麻雀受到俩人脚步声的惊扰，仓皇地飞了起来。这一幕恰巧被苏东坡看在眼里，他熟读唐诗，名人佳句可以信手拈来。他望着远去的麻雀，脑中顿时浮现杜甫的那首七言绝句"两个黄鹂鸣翠柳，一行白鹭上青天"。想到"一行白鹭"，苏东坡有了主意，但他不动声色，微笑着对袁公济说："袁兄，愚弟也有一谜，可否请兄台指教？"

袁公济忙说："请教不敢当，请居士赐教。"

苏东坡一字一句地说："雀飞入云霄，谜目也是半句七言唐诗。"

袁公济听完苏东坡的谜面，暗暗竖起大拇指，道："居士真是高人，神思无人能及。愚弟佩服，佩服。"

苏东坡忙说："不敢当，不敢当。兄台的谜面出得妙，我这是东施效颦，不值一提，不值一提。"

说罢哈哈大笑，俩人这次终于打了个平手。

读者看到这里也许糊涂了：他们俩人在说什么？原来，袁公济的谜底就是"一行白鹭上青天"里的"一行白鹭"。您会问了，4个字算半句吗？当然不算。这里需要用减损法将"鹭"下面的"鸟"去掉，谜底就是"一行白路"，完全扣合谜面"雪径人踪灭"，而且符合谜目"半句七言唐诗"的要求。

而袁公济听到苏东坡的谜面"雀飞入云霄"后，便知道自己的谜已经被射覆了。因为"鹭"字去掉"路"后，就是"鸟"字，"鸟上青天"不正好扣合苏东坡的谜面吗？

二、佛印吃鲜鱼

佛印禅师

宋代有位知名禅师，法号了元，字觉老，江西浮梁人。他身具释道儒三家气质，与单纯吃斋念佛的僧人迥异。了元结交了很多方外名士，常与他们一起饮酒阔论。宋神宗、宋哲宗对了元非常欣赏，曾几次召其进汴京讨论佛法。了元去世后，宋哲宗赐名"佛印禅师"。

佛印与苏东坡互相欣

赏，性格相投，是无话不谈的好朋友。有一年，佛印云游到镇江金山寺讲佛，苏东坡闻讯，立即赶来看望老友。那时的金山还是长江中的一个小岛，并未与陆地相连。苏东坡在对岸雇得一叶小舟，坐稳后，向金山驶去。

金山寺始建于东晋年间，寺庙建筑雄伟，规模宏大，将山体团团包围。从远处看，只见寺院不见山，素有"金山寺裹山"的美名。苏东坡感慨金山寺美景之时，船已经到岸。苏东坡向船老大付了船资并道谢后，匆匆下船，向山门走去。

时已近正午，苏东坡感觉有些饿了。不过一想到寺里的粗茶淡饭，却一点食欲也没有。来到山门，经过看门和尚的指点，苏东坡径直向山上走去。金山不高，海拔仅47米。不一会儿，苏东坡就来到了伽蓝殿，穿过此殿，就是佛印居住的妙高台。

相传，妙高台是佛印凿崖而建，上面有阁楼，也称晒经台。佛印就住在上面的阁楼里。苏东坡正要拾级而上，忽然闻到一股酒肉香气，让已经饥肠辘辘的他更觉无法忍受了。苏东坡知道一定是佛印躲在自己的房里偷偷喝酒吃肉呢，如果贸然撞见，双方都会尴尬，不如先提醒佛印，让他有所准备。

苏东坡抬头向楼上高声问道："了元大师在吗？"

佛印嘴里含着肉回道："是哪位施主驾到？"

苏东坡觉得佛印说话的声音很好笑，扑哧一声乐了，说："了元大师，是子瞻（苏东坡字）前来看你。"

佛印匆忙将肉咽了下去，说："原来是居士啊，快请，快请。"佛印心想让东坡看到自己私下吃肉喝酒有些难为情，就端起酒肉，将它们藏在床幔后，然后推开门，说："恕我不能远……"

"迎"字还没说出口，就发现苏东坡已经站在他面前了。佛印连忙把粘着肉油的手用僧袍袖内侧擦了擦，然后双手合十，道："阿弥陀佛，什么风把居士吹来这里了？"

苏东坡心想，什么风？当然是肉的香风啊。眼睛往屋内一瞧，发现桌子上非常干净，没有吃过东西的痕迹。用鼻子使劲一闻，感觉肉和酒就在屋内。于是向佛印还礼，道："听说了元大师在这里修行，子瞻特意赶来与大师叙旧。"

佛印连忙说："不敢，不敢。居士远道而来，一路风尘仆仆，想必饥渴，我这就吩咐小徒弄些豆腐杂粮斋饭上来。"

苏东坡知道佛印好面子，不好意思承认屋里有酒肉，心想还得自己主动点破，于是坐下，看着佛印说："了元大师不必忙碌，先坐下。我上山途中赋得一首新诗，可是里面有两个字却一时想不起如何书写，还请大师赐教。"

佛印心想："还有你苏东坡不会写的字，我一定要看看是什么。"于是也坐下来。就听苏东坡说道："说来这两个字也不难，一个是'犬'，另一个是'吠'。"

佛印听罢哈哈大笑，道："居士也到提笔忘字的年纪了？哈哈。这'犬'字就是'大'字右肩上加一点；'吠'字就是'犬'字左边加个'口'啊。"

佛印也是猜谜高手，刚解释完，就发现自己着了苏东坡的道儿。于是乖乖走到床边，从床幔后面拿出酒肉。

苏东坡看到佛印端出酒肉，笑着说："这就对了，一人一点，都吃上一口嘛。"

苏东坡的话化解了尴尬的气氛，俩人相视大笑，举杯畅饮，大快朵颐了一顿。俩人边喝酒边谈论佛法和诗文，直到夜深。

过了一段时间佛印前往杭州去看望苏东坡。佛印赶到苏府时，已是正午，同样也是饥肠辘辘。苏府内，家人刚将一条西湖醋鱼、一盅黄酒、一碗米饭端进苏东坡的书房，摆在八仙桌上。苏东坡闻着西湖醋鱼的香，食欲大开，拿起筷子奔着鱼肚就夹了下去。这时，家人来报："了元大师求见。"

苏东坡忙说："快请，快请。"看着家人往外跑去，苏东坡突然想起上次在金山寺佛印藏酒肉的事，心想不如借此机会逗逗佛印。于是，端起装饭菜的托盘，跷起脚，把托盘放在了书架上。还没等苏东坡转过身来，佛印已经掀帘进屋了。

佛印其实已经看到了书架上的托盘，也闻到了醋鱼的香味，但他不动声色。由于匆忙，苏东坡没有来得及把黄酒盅也藏起来，就随手拿起一本书挡住黄酒盅，还热情地问佛印："大师不在妙高台念经，跑来这里有何要事？"

佛印把一切都看在眼里，但并未道破。他双手合十，说："阿弥陀佛。"然后用右手摸着肚子，说："贫僧有一字不会写，路过杭州特来求教。"

苏东坡一听这话这么耳熟呢，忙问："大师所问何字？"

佛印笑笑，道："就是贵姓的'蘇'字。"

苏东坡一听脸就红了，忙将装鱼饭的托盘从书架上取下来。佛印也不客气，拿起挡在酒盅前的书，说："居士，别忘了这个。"说完，哈哈大笑。

苏东坡也忍俊不禁，忙招呼家人再上些酒菜，俩人畅饮起来。

读者一定有疑问，为什么佛印一说"蘇"字，苏东坡就把西湖醋鱼拿了下来呢？原来，这是一个象形字谜。"艹"的下面是"鱼"和"禾"，这是"蘇"的正确写法。可苏东坡的西湖醋鱼正放在书架上面，那就不是"蘇"字了。所以苏东坡马上就将西湖醋鱼端了下来。

当然，苏东坡的故事也好，他和佛印之间的故事也好，基本都是后人演绎的，不可全信。不过，苏东坡和佛印的友谊确是真实的，历史文献中也多有记录。本故事中提到的妙高台确实是苏东坡和佛印当年讨论佛法、诗词和赏月的地方。

三、俞樾爱灯谜

俞樾（1821—1907），字荫甫，号曲园，浙江德清人，清末著名文学家、经学家。俞樾痴爱灯谜，他所制的灯谜全部收录在《春在堂全书》第四十九卷《曲园杂纂·隐书》内，总数约百条。俞樾的灯谜讲究通达平易，例如：

轻薄桃花逐水流（汉人）　　谜底：朱浮。

谜面出自唐代诗人杜甫《绝句漫兴九首》之第五首。该诗写于杜甫入住成都草堂的第二年，时间顺序是从春到夏。第五首描写的是初夏的景象，全文如下：

苏州俞园春在堂

肠断春江欲尽头，杖藜徐步立芳洲。

颠狂柳絮随风去，轻薄桃花逐水流。

谜面采用诗中最后一句，"桃花"色别解为"朱"色，"轻薄"虽然指桃花，暗含"轻浮"之意，"逐水流"更是"浮动"的意思。谜底"朱浮"扣合谜面。

朱浮是何许人也？朱浮（前6—66年），字叔元，今安徽萧县人。历任东汉大司马主簿、偏将军、大将军幽州牧、大司空。后因事被人告发，汉明帝大怒，将朱浮赐死。朱浮的后代名人辈出，宋代理学家朱熹就是其中之一。

长兄为父，长嫂为母（西周、春秋人各一）　谜底：管仲、管叔。

谜面是一句中国人耳熟能详的民谚。这句话是说，父母都已经不在或无力抚养子女的时候，兄嫂便须担负起抚养和教育弟弟、妹妹的责任。过去兄弟的排行以"伯仲叔季"为序，伯是长兄，季是小弟。"长兄为父""长嫂为母"别解为"管着仲叔季"，谜底"管仲""管叔"扣合谜面。

管仲（？—前645），即管敬仲，名夷吾，字仲，颍上（今安徽）人，史称管子。管仲在齐国拜相，辅佐齐桓公成为春秋霸主，被誉为"春秋第一相"。

管叔是周武王的弟弟，姓姬名鲜，其封地在管（今河南郑州）。周武王死后，其子周成王即位。周武王的另一个弟弟周公旦辅佐侄子周成王，引起管叔的不满。商朝最后一个国王殷纣王的儿子武庚见姬姓兄弟相争，认为有机可乘，便秘密联络管叔，发动政变。不幸计划失败，管叔被杀。

山东淄博管仲纪念馆前管仲塑像

不失人，亦不失言（礼记）　　谜底：以成其信。

谜面出自《论语·卫灵公》："子曰：可与言而不与之言，失人；不可与言而与之言，失言。知者不失人，亦不失言。""不失人"就是有"人"；"不失言"就是有"言"，那么用离合法猜射此谜，谜底一定与"信"有关。查《礼记·缁衣》中有"君子寡言而行，以成其信"之句，而"以成其信"不正扣合谜面吗？

隐桓庄闵僖文（字）　　谜底：秦。

谜面中的6个字一定让大多数人感到困惑，它们说的是什么意思呢？孔子在《春秋》一书中，以鲁国历史纪事，记载了从鲁隐公到鲁哀公共计241年的史事。鲁国有过12位国王，他们分别是鲁隐公、鲁桓公、鲁庄公、鲁闵公、鲁僖公、鲁文公、鲁宣公、鲁成公、鲁襄公、鲁昭公、鲁定公、鲁哀公。谜面里提到的是其中前6位，也就是"春秋"的一半。这时，离合猜谜法就用上了。"春"的一半加上"秋"的一半正好可以离合成一个"秦"字，而接替春秋的正好是秦朝。"秦"字扣合谜面。

四、唐伯虎灯谜

唐伯虎，本名唐寅（1470—1523），字伯虎，号六如居士，吴县（今江苏）人。唐伯虎天资聪颖，诗文书画皆佳，与祝允明、文徵明、徐祯卿并称"吴中四才子"。

唐伯虎自幼喜爱作画，而他拜师学画的入学试题竟然是一条谜语。事情是这样的，唐伯虎父母经营一家酒肆，每天都非常忙碌。幼年的唐伯虎在

唐寅像

一旁无所事事，就拿起毛笔画画解闷。时间一长，画技不断进步，父母看着也非常喜欢，就挑出几幅佳作装裱后挂在了店内墙上。

一天，江南才子祝允明来店内喝酒，被墙上的画所吸引，便问唐父作画者是何方高人。唐父笑着将唐伯虎叫来与祝允明认识。祝允明虽然年长唐伯虎10岁，但丝毫不敢以前辈自居，反而谦恭有礼，俩人于是成为挚友。

祝允明，号枝山，苏州人。因为其右手为六指，所以自号"枝指

祝枝山像

生"。祝允明善书法，尤以狂草见长，后世有"唐伯虎的画，祝枝山的字"之说。祝枝山看到唐伯虎有绘画天赋，但由于无名师指点，上升空间有限，殊为可惜。于是就与唐伯虎和其父母商量，要为其请苏州白石翁沈周先生做指导老师。

沈周先生在当时可是鼎鼎大名，他是明代中期文人画"吴派"奠基人。沈周先生虽然平时平易近人，但对弟子的要求却极为严格，甚至到了苛刻的程度。听完好友祝允明的介绍，沈周提出要亲自面试唐伯虎，并看看他才气如何。

这天，祝允明带着唐伯虎来到沈周先生家里。待唐伯虎行过礼之后，沈先生开门见山地说："我这里有一谜，不知你敢猜吗？"

唐伯虎大方回答："老师但讲不妨，学生竖耳倾听。"

沈先生含笑点点头说道："谜是这样的，去掉左边是树，去掉右边是树，去掉中间是树，去掉两边是树，这是什么字？"

唐伯虎略一思索，拿起桌子上的毛笔，唰唰唰写了一个"彬"字。沈先生和祝允明同时点头，暗暗赞赏唐伯虎的机智。就这样，沈先生收下了唐伯虎这个弟子。

后来，唐伯虎青出于蓝而胜于蓝，在绘画艺术上的成就甚至超过了沈周。后人将唐伯虎、文徵明、沈周、仇英并称为"明四家"，可见唐伯虎的造诣。

唐伯虎成名后，与苏州城内名僧柏子亭相交最深。柏子亭是谜痴，几乎凡事都要用谜来解。一日，柏子亭走到苏州报恩山脚下感到非常疲惫，就打算住一宿再上路。可是环顾四周，仅有一家门脸破旧的小客栈，此外再无二家。柏子亭无奈，走了进去。没想到店里面的布置却让柏子亭大开眼界——竟然比门脸还破！

掌柜的是个书生模样的男人，他一见柏子亭进门，非常热情地迎上前去，说："高僧驾临，小店蓬荜生辉。"

唐寅《秋风纨扇图》

柏子亭一愣，双手合十道："阿弥陀佛，掌柜的认识贫僧？"

掌柜的笑着说道："高僧大名，苏州城内谁人不知？您光临本店是打尖呢还是住店呢？"

柏子亭迟疑地说："贫僧要住……"

"店"还没说出口，掌柜的就把话头接了过去："好说，好说，本店楼上有雅间请高僧享用。"

柏子亭双手合十道:"多谢店家,需要多少银子呢?"

掌柜的摇着头说:"不要,不要,一文不要。但请高僧给小店题诗留念。"

说着,掌柜的拿出了笔墨纸砚。柏子亭略一思索,提笔写道:"门前不见木樨开,惟有松梅两处栽;腹内有诗无所写,往来都把轿儿抬。"掌柜的非常高兴,请人装裱后,就把此诗挂在了店里。来来往往的客人很多,但无人解其意。

一天,唐伯虎来到报恩山游玩,也投宿到这家客栈。掌柜的一看唐伯虎大驾光临,非常高兴,也要给他安排楼上雅间住宿。可是,唐伯虎的目光却被墙上柏子亭的诗吸引过去了。掌柜的见状,就添油加醋地说起柏子亭"主动"为其题诗的事,好像柏子亭占了他的便宜一样。

唐伯虎指着诗作问:"掌柜的知道此诗的意思吗?"

掌柜的忙说:"实在不知,请唐先生明示。"

唐伯虎一字一句地说:"这是说你们店中无香烛纸马啊。"

掌柜的一听,忙道:"请唐先生详解其意。"

唐伯虎说:"这第一句中的木樨是桂花,扣无香;第二句松梅无竹,扣无烛;第三句扣无纸;第四句扣无马。"

掌柜的恍然大悟,但他没有将诗作摘下来,而是继续悬挂在店内。很多人知道这件事后,慕名前往小店投宿,就为看一眼讽刺小店的诗作,所以那家小店的生意也就慢慢好了起来。

五、和珅与灯谜

和珅(1750—1799),字致斋,钮祜禄氏,清满洲正红旗人。很多野史文章说到和珅的时候,都把他描写成一个大草包。尤其说到纪晓岚戏耍和珅时，更是将和珅写成愚蠢的草包。下面的故事就是这样的：

和珅家的竹林里新修了一座凉亭，想请纪晓岚给写个匾额。可是纪晓岚一般不给别人题字，和珅怕他拒绝，就托人找到纪晓岚说情。可是没想到纪晓岚很爽快地写了"竹苞"两个大字。和珅接到字后非常高兴，就请人刻了匾额，挂在亭子门楣上。

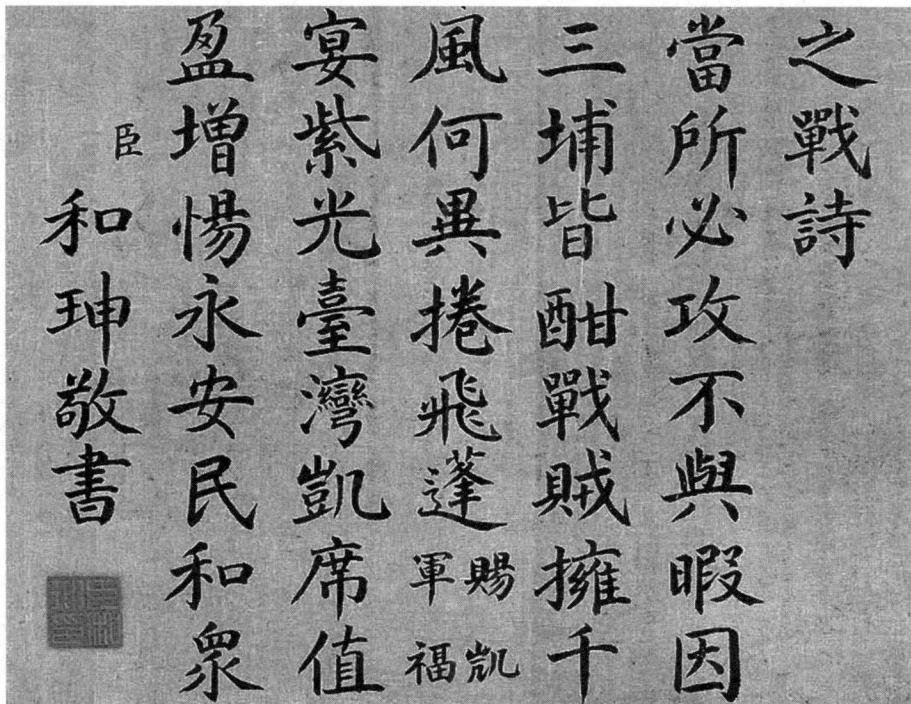

和珅书法

乾隆听说和珅新造了一个亭子，便移驾来到和府。和珅见乾隆巡幸，非常激动，恭敬地将皇帝让到竹林。乾隆远远看见"竹苞"二字，扑哧一笑乐了，问和珅道："落款字小看不清楚，是何人给你题写的匾额啊？"

和珅忙说："是纪晓岚纪大人。"

乾隆笑得更厉害了，说："和爱卿啊，你被纪昀耍了。你看竹字怎么写？"

和珅答："是两个'个'字啊。"

乾隆又问："那苞字呢？上面一个'草'字头，下面一个'包'，合起来就是草包啊。"

和珅呆呆地说："这是说我家个个都是草包啊。"

其实，和珅可不是草包。他29岁就任御前侍卫；31岁任步军统领；37岁是国史馆正总裁；40岁任文华殿大学士，成为宰相。在清朝，能做到大学士的都是学富五车之士，非普通学识可以胜任。事实上，和珅也确实是一个学识渊博、聪明睿智之人。

和珅13岁左右的时候曾入紫禁城咸安宫官学。官学一般是为内务府上三旗子弟服务的，即镶黄旗、正黄旗、正白旗。每旗选30名子弟入学。不知何故，正红旗的和珅也入了官学。在官学里，和珅结识了不少宫内太监。

那是1765年，即乾隆乙酉年，顺天乡试。乡试每三年一次，题目由皇帝钦定，考试范围就是《四书》，即《论语》《孟子》《大学》《中庸》。皇帝钦定试题时，一般由内阁进呈《四书》一部，命题后，由太监将书发还内阁。

和珅见到还书太监回来，就把他招到一边。俩人年龄相仿，平时就非常熟悉。和珅直截了当地问乾隆命题时的表情。

太监把嘴凑到和珅的耳边说："皇帝批阅第一本到一半时，忽然微笑，然后振笔直书。"

和珅听罢，沉思不语。

太监急着回去，就嘱咐和珅千万不要对别人讲起此事。说完，一路小跑地回宫去了。和珅看着太监的背影，突然悟出了答案：这是《论语》中的那句"或乞醯焉"啊。因为当年的干支是乙酉，而通过减损法后的"乞醯"不正扣合"乙酉"吗？

"或乞醯焉"出自《论语·公冶长》："子曰：孰谓微生高直，

或乞醯焉，乞诸其邻而与之。"意思是说，鲁国有个叫微生高的人，大家都说他正直。可是有人向他要醋喝，他自己家里没有，却向邻居借了一些给那个人。孔子的意思是这样的人怎么能说是正直呢？

和珅非常高兴，就秘密将此题透露给年纪稍长的同学做准备，结果这些同学考得都非常出色。你们说和珅是不是非常聪明有才学？当然，他的才学和人品并不成正比。嘉庆皇帝即位后，宣布和珅罪状20款，责令其自杀，并没收其家产。和珅在任期间，贪污受贿，富可敌国，时人戏称"和珅跌倒，嘉庆吃饱"。

六、鲁迅书名谜

鲁迅（1881—1936），原名周樟寿，后改名周树人，字豫才，浙江绍兴人，中国伟大的文学家、思想家。鲁迅自幼接触灯谜，他喜爱灯谜，也善于用写谜的手法，将谜面置于自己的书名和笔名中。

《且介亭杂文》的名字与灯谜有关。1927年鲁迅离开广州，前往上海居住，直到1936年逝世。上海鲁迅故居位于日租界施高塔路130号（今虹口区山阴路132弄9号），鲁迅将写于此地的文章汇而成集，准备出版。可是给这本文集起个什么名字好呢？鲁迅想到集子里的文章都是在租界里写成的，虽然脚下的土地是中国的，但生活在这里总有一种寄人篱下的感觉。不如采用徐妃格的谜格，将"且介"别解成"租界"，就叫《且介亭杂文》吧。严格地说，这个算不上是徐妃格。因为按照徐妃格的要求，谜底必须为偏旁部首相同的两个字。比如：战太平（打徐妃格形容词一）谜底：狰狞。而"租界"的偏旁部首完全不符合徐妃格的要求。

笔名"公汗"的来历。1934年3月，鲁迅将51篇杂文结成《南腔北调集》出版。不久，上海《社会新闻》报刊登《鲁迅愿作汉奸》一

鲁迅先生像

文，诬陷鲁迅"搜集其一年来诋毁政府之文字，编为《南腔北调集》，丐其老友内山完造介绍于日本情报局，果然一说便成，鲁迅所获稿费几及万元……乐于作汉奸矣"。鲁迅不甘示弱，将这类文人称为"叭儿狗"，并用"公汗"这个笔名写作进行反击。"公汗"的谜面是"叭云汉奸"，意思是叭儿狗说（我是）汉奸。取"叭云汉奸"的每个字的一半重组，就成"公汗"了。这是用减损法创造的谜面，非常新颖，如果加上谜目——打鲁迅笔名一，就更加完整了。

鲁迅还曾用过"宴之敖者"这个笔名。这个晦涩难解的笔名是什么意思呢？原来，鲁迅在北京八道湾买了一处宅子，与母亲、夫人和弟弟周作人一家住在一起。周作人是近代中国最优秀的散文家之一，他的太太是日本人羽太信子。在油盐酱醋的日常生活中，鲁迅和信子之间产生了不可调和的矛盾，最后导致鲁迅离开八道湾另居。至于俩人之间发生了什么事情，并不是本文重点关注的。笔者还是回到"宴之敖者"，据鲁迅自己解释："宴"从"宀"，从"日"，从"女"；"敖"从"出"，从"放"。这句解释中，"宴"很好理解，说的是"日本女人家里"，那么"敖"怎么是"出放"呢？原来在《说文解字》中，"敖"是写成这样的：敳。这样，"宴之敖者"的意思就是说鲁迅"被日本女人从家里赶出来了"。

与鲁迅有关的灯谜也有很多。如：

山东快书（打中国作家一）　谜底：鲁迅；

鲁迅全集（打曲艺品种一）　谜底：山东快书；

盐包（打中国现代文学名著一）　谜底：呐喊；

创面痊愈（打中国现代文学名著一）　谜底：伤逝；

拟写契文（打中国现代文学名著一）　谜底：药；

恭贺新禧（打中国现代文学名著一）　谜底：祝福；

大戏考（打中国现代文学名著一）　谜底：南腔北调集；

吹皱一池春水（打中国现代文学名著一）　谜底：风波；

倭寇暴行录（打中国现代文学名著一）　谜底：狂人日记。

第三章　名著灯谜

一、红楼梦灯谜

《红楼梦》是中国古典文学四大名著之一，它在中国文学史上的地位举足轻重。中国灯谜爱好者从《红楼梦》原著中取材，创作了大量精彩灯谜。

黛玉自幼便聪明（打科学家一）　谜底：林巧稚。

林巧稚（1901—1983），早年在美国纽约州立大学获得医学博士学位，医学家、中国现代妇产科学的奠基人。她心地善良，对待病人不分贫富均一视同仁；她医术精湛，亲手接生过5万余婴儿。黛玉姓林，"自幼便聪明"别解为"巧稚"，谜底

北京黄叶村曹雪芹纪念馆

"林巧稚"扣合谜面。此谜更巧妙的是，谜底林巧稚是治病救人的医生，谜面林黛玉确是羸弱多病的少女。医生救病女，底面不仅字合，而且意合，堪称佳作。

贾政为小弟（打法律名词一）　谜底：大赦。

贾政是小弟，他有哥哥吗？他的哥哥叫什么名字？贾政的父亲贾代善娶了史家小姐为妻，生有二子，长子贾赦，次子贾政。谜底"大赦"扣合谜面。

雨村补缺（打中国作家一）　谜底：贾平凹。

雨村姓贾，名化，字时飞。曾中进士，做过知府，但因贪酷徇私遭革职。为谋生，受聘至林如海家成为林黛玉的启蒙老师。后在贾政的帮助下，他又官复原职。谜面"雨村"别解为"贾"；"补缺"字面会意为填平凹处。谜底"贾平凹"扣合谜面。

凤姐挽起黛玉手（打中国导演一）　谜底：王扶林。

王扶林是中国第一代电视艺术家，《红楼梦》《三国演义》两部电视剧的导演。凤姐即王熙凤，人称凤辣子，是贾赦第二子贾琏的夫人，所以也称"二奶奶"。王熙凤在荣国府内职司大管家，林黛玉初到荣国府外婆家时，就见识了王熙凤的风采。谜面"凤姐"别解为"王"；"黛玉"别解为"林"；而"挽起黛玉手"勾

王扶林导演的电视剧《红楼梦》，林黛玉扮演者陈晓旭让人印象深刻

画的自然是"扶"的动作。该谜用《红楼梦》电视剧导演王扶林的名字为谜底，谜面精彩，引人回味。

贾宝玉初试云雨情（打中药名一）　　谜底：合欢花。

合欢花生长于浙江、安徽、江苏、四川、陕西、辽宁、河北等地，属落叶乔木，是观赏植物。可入药，有宁神明目、养血清心的功效。此花两两相对，也是夫妻恩爱，百年好合的象征。谜面"贾宝玉初试云雨情"会意为他与丫鬟袭人偷尝床笫之事，因袭人本姓花，谜底"合欢花"扣合谜面。

王熙凤协理宁国府（打五字俗语一）　　谜底：一手托两家。

贾府有两支，一支是宁国公的宁国府；一支是荣国公的荣国府。宁国府中辈分最高的是贾敬，他有一儿贾珍，一孙贾蓉，系三代单传。贾蓉的媳妇是秦可卿，位列金陵十二钗之一。她与公爹贾珍关系暧昧，年轻早夭。她死后，贾珍请王熙凤料理其丧事，极尽奢华。后来贾珍又请王熙凤管理宁国府，这才有王熙凤协理宁国府之说。王熙凤同时管理宁国府和荣国府，扣合谜底"一手托两家"。

黛玉自幼父母双亡（打日本棋手一）　　谜底：小林光一。

小林光一，1952年生于日本北海道，9岁师从日本围棋名师木谷实学习棋艺。木谷实是大竹英雄、赵治勋、加藤正夫、武宫正树、小林觉等日本超一流棋手的老师，小林光一也是木谷实众弟子中的佼佼者之一。小林光一自创"小林流布局"，赢得过59个冠军头衔。谜面"黛玉自幼"别解为"小林"；"父母双亡"别解为"孤儿""仅剩一个人"，谜底"小林光一"扣合谜面。

宝玉祭鲸卿（打花卉名一）　谜底：吊钟。

鲸卿，即秦可卿之弟秦钟。在《红楼梦》里，贾宝玉初见秦钟就思忖道："天下竟有这等人物！如今看来，我竟成了泥猪癞狗了。可恨我为什么生在这侯门公府之家，若也生在寒门薄宦之家，早得与他交结，也不枉生了一世。"贾宝玉与秦钟的交往有同性恋之嫌，但俩人感情确实很深。秦钟死后，贾宝玉前往哭祭吊唁，正好可以别解为"吊钟"即灯笼花。此花英文称之为"中国新年花"。

贾元春归宁大观园（打机构简称一）　谜底：省政府。

元春是贾政之女，入宫封贾妃，加封贤德妃。《红楼梦》中，皇帝恩准贾妃于正月十五上元日回家省亲，贾府中的大观园就是为元春省亲建造的。归宁是指女儿回娘家，别解为"省亲"；元春的娘家即贾政之府，谜底"省政府"扣合谜面。

黛玉叩门不开，疑是宝玉恼她，竟自悲咽起来。（打电影插曲一）　谜底：妹妹找哥泪花流。

1979年，由唐国强、刘晓庆、陈冲主演的电影《小花》在全国上映，立即引起轰动，影片主题歌《妹妹找哥泪花流》更被广为传唱。这首歌由凯传作词，王酩作曲，李谷一演唱。谜面妹妹林黛玉寻找哥哥贾宝玉不见，独自哭泣，扣合了歌曲《妹妹找哥泪花流》。

质本洁来还洁去（打四字常用语一）　谜底：白头到老。

谜面取自《红楼梦》中林黛玉《葬花词》："质本洁来还洁去，强于污掉陷渠沟；尔今死去侬收葬，未卜侬身何日丧？侬今葬花人笑痴，他年葬侬知是谁？"谜面"本洁来"别解为"开头白"；"洁

黛玉葬花图

去"别解为"白到头"，谜底"白头到老"扣合谜面。

王夫人哭着，不让贾政往死里打。（打保健药品名一）　谜底：延生护宝液。

贾政往死里打的是谁呢？他的儿子贾宝玉。事情起因是这样的：由于丫鬟金钏儿与宝玉调情，被王夫人责打，并将其撵出门。金钏儿羞愤难当，苦求王夫人开恩未果，于是纵身一跳，投井自尽。这是宝玉淫辱母婢。此外，宝玉与忠顺王府的戏子蒋玉菡（琪官）相交过深，诱其离开王府，引得王府派人委婉质问贾政。贾政害怕得罪王府的人，便借金钏儿之死将怒火发到宝玉身上。"不让往死里打"别解为"延生"；被打的人是宝玉别解为"护宝"，王夫人的眼泪别解为"液"。谜底"延生护宝液"扣合谜面。

淡极始知花更艳（打佛教用语一）　谜底：色即是空。

薛宝钗在大观园诗社中创作的《咏白海棠》，全诗是："珍重芳姿昼掩门，自携手瓮灌苔盆。胭脂洗出秋阶影，冰雪招来露砌魂。淡极始知花更艳，愁多焉得玉无痕？欲偿白帝宜清洁，不语婷婷日又昏。"淡极即无色，就是空；花更艳则是浓色。谜底"色即是空"扣合谜面。

赢了黛玉方罢休（打世界名人一）　谜底：克林顿。

克林顿是美国第42任总统。此谜采用会意法，"赢了"别解为"攻克、打败"；"罢休"别解为"停止、停顿"，加上黛玉姓"林"，谜底不言而喻。

和云伴月不分明（打字一）　谜底：县。

这是大观园诗社的潇湘妃子（林黛玉号）所作的《菊梦》，全文是：篱畔秋酣一觉清，和云伴月不分明。登仙非慕庄生蝶，忆旧还寻陶令盟。睡去依依随雁断，惊回故故恼蛩鸣。醒时幽怨同谁诉，衰草寒烟无限情。此谜采用离合法解析，"云""月"二字重叠组合，加之"不分明"，别解为"县"字。

袭人芳官伴宝玉（打成语一）　谜底：花花公子。

袭人姓花，是宝玉的丫鬟；芳官也姓花，是贾府戏班里的正旦，被贾母指派也成了宝玉的使唤丫头。宝玉是贾政的公子。谜底"花花公子"扣合谜面。

贾珍丧父（打二字礼貌用语一）　谜底：失敬。

贾珍的父亲是贾敬，贾敬死了，自然是"失敬"了。

贾二舍偷娶尤二姨（骊珠格）　谜底：作家·王蒙。

贾二舍指的是贾琏。贾琏与王熙凤结婚后，一直无子。不孝有三，无后为大，于是，贾琏瞄上尤二姐。背着王熙凤，贾琏偷着与尤二姐拜了天地，结为夫妻。贾二舍偷娶尤二姨说的就是这事。骊珠格的规则是谜目由猜射者射覆，"偷娶"就是"另外组织家庭"，谜目就是"作家"。而贾琏偷娶尤二姐是背着媳妇王熙凤做的，别解为"蒙骗王熙凤"。谜底"作家·王蒙"扣合谜面。

冷二郎一冷入空门（打传奇书名一）　谜底：柳如是别传。

冷二郎就是柳湘莲，在《红楼梦》中与贾宝玉关系最好。他性格豪爽，容貌俊美，但读书不成，于是耍枪舞剑，吹笛弹筝，成为一名出色的票友。柳湘莲与尤三姐相爱，并解下一把鸳鸯剑作为信物。当得知尤三姐来自"只有门口两头狮子是干净的"宁国府时，柳湘莲却悔婚了。刚烈的尤三姐受到无端侮辱，羞愤难当，当着柳湘莲的面，拔出鸳鸯剑自杀了。柳湘莲悔之晚矣，遂遁入空门。柳湘莲遁入空门，就没有了传宗接代的义务，便是"别传"。《柳如是别传》是学术大师陈寅恪的最后一部巨著，全书80万字，讲述的是明末清初的青楼女子柳如是追求幸福，深明民族大义的故事。谜底"柳如是别传"扣合谜面。

红楼梦邮票小型张——双玉读曲

熙凤恃强羞说病（打电影演员名一）　谜底：王心刚。

王熙凤有病不肯就医，平儿问她身体如何，她却动了气，反说平儿是咒她得病。这是说王熙凤内心刚强。电影演员王心刚的名字正好扣合谜面。王心刚是中国著名电影演员，曾主演《永不消逝的电波》《红色娘子军》《野火春风斗古城》《知音》等电影佳作。

晴雯归天（打字一）　谜底：旻。

其实"晴雯"二字本身就是一个字谜：文。因为天晴，所以无雨，所以只剩"文"。"天"为"日"，用会意离合法解析此谜，谜底就是"旻"。

金桂娶到家，老幼皆骇怕。（打节令名三）　谜底：夏至、大寒、小寒。

金桂是薛蟠的媳妇夏金桂。刚过门的媳妇，薛蟠凡事相让。而金桂见薛蟠无能，婆婆善良，渐渐骄横跋扈。连薛姨妈和薛宝钗见了她都害怕。谜面"金桂娶到家"别解为"夏至"；"老幼皆骇怕"别解为"大寒、小寒"。还有一个与金桂有关的灯谜：

金桂在时，人人怕她。（打成语一）　谜底：夏日可畏。

这则灯谜采用会意法解析，"金桂"别解为"夏"，谜底"夏日可畏"扣合谜面。

宝玉出走有来由（打字一）　谜底：宙。

宝玉当年曾对黛玉说："你死了我做和尚去。"如今黛玉死了，宝玉心灰意冷，竟然践行当日的承诺，真的去做了和尚。谜面"宝玉出走"别解为"宀"；再加上当日承诺的"来由"，谜底"宙"扣合谜面。

与《红楼梦》有关的灯谜很多，这里仅选择一些浅显易猜的以飨读者。

二、水浒传灯谜

施耐庵是元末明初的文学家，他通过收集水泊梁山英雄好汉的故事，写成不朽名著《水浒传》。后世灯谜爱好者，从《水浒传》中取材，创作出很多精彩的灯谜。

史进纹身（打香港地名一）　谜底：九龙。

水泊梁山好汉史进原是宋代东京汴梁八十万禁军教头王进的徒弟，他身上刺有九条青龙，所以人称"九纹龙史进"。谜底"九龙"

江苏盐城大丰市白驹镇施耐庵纪念馆施耐庵塑像

完全扣合谜面。

林教头欲揍高衙内（摘领格，打清代吴梅村诗句一）　谜底：冲冠一怒为红颜。

林冲老婆在五岳楼被几个人缠住调戏。林冲得信赶到时，看到一个人背对着他，正用言语戏弄自己的老婆，就一把将那人的肩膀扳了过来。举拳想打时，却发现那人是高太尉之子高衙内。摘领格要求谜底在4字以上，且读谜底时省略第二个字不念。这样谜底就读成"冲一怒为红颜"，扣合谜面。

豹子头逼上梁山（打歌星名一）　谜底：林依轮。

林冲被高俅迫害，无处藏身。无奈之下，决定投身梁山。当时的梁山主人是白衣秀士王伦，但此人心胸狭窄，不能容人，林冲在他手下受尽刁难和屈辱。后来林冲在吴用的鼓动下，将王伦杀掉。谜面"豹子头"别解为"林冲"；"逼上"别解为"依附"；"梁山"别解为"王伦"，谜底"林依轮"扣合谜面。

王伦不留青面兽（打足球运动员一）　谜底：容志行。

杨志，江湖人称"青面兽"，原为殿帅府制使。杨志奉命押运花石纲，不想在黄河里翻了船。由于无法交差，只能四处流浪避难。后来上边赦免其罪，他带着财物准备上东京找关系继续仕途，没想到路过梁山时被林冲抢劫。白衣秀士王伦不想留下杨志，就婉转地说："既是制使不肯在此，如何敢勒逼入伙？且请宽心住一宵，明日早行。"用会意法解析谜面，王伦允许杨志离开梁山，谜底就是"容志行"。

阮氏三雄（打故事片名一）谜底：《小字辈》

《水浒传》中阮氏三雄分别为"阮小二、阮小五、阮小七"。他们是山东济州府石碣村渔民，水性极好，且侠肝义胆、好打抱不平。三人的名字里都有"小"字，按照中国传统，他们都属于"小"字辈。电影《小字辈》是长春电影制片厂1979年拍摄的影片，片中主题歌《青春多美好》一时脍炙人口。谜底"小字辈"扣合谜面。

向来敬佩智多星（打医药用语一）　谜底：长期服用。

智多星，即梁山军师吴用。阮氏三兄弟自归附梁山后，对吴用的智谋佩服得五体投地。谜面"智多星"别解为"吴用"，谜底"长期服用"扣合谜面。

吴用智取生辰纲（卷帘格，打成语一）　谜底：玩物丧志。

青面兽杨志率众军汉押运生辰纲到冈子村附近松林时，恰遇晁盖、吴用等人假扮酒贩和枣贩在演双簧。杨志不知是计，结果与众军汉一起被蒙汗药撂倒。卷帘格的规则是谜底倒着读。这样，谜底"玩物丧志"就读成"志丧物玩"。"志"是杨志；"物玩"指的是生辰纲里的珠宝。

狱囚白日鼠（打水浒传人物一）　谜底：关胜。

白日鼠，名白胜。前面迷倒杨志劫夺生辰纲时，卖酒的汉子就是白日鼠白胜。而关胜则是三国名将关羽的后代，也使一把青龙偃月刀，人称"大刀关胜"。谜面"狱囚"别解为"关"；"白日鼠"名"胜"，谜底自然就是"关胜"了。

及时雨、铁扇子。（打柬埔寨政要名一）　谜底：宋双。

及时雨，众所周知，是宋江。而铁扇子大家则比较陌生，其实他是宋江的亲弟弟，名叫宋清。以宋氏双杰为谜面，谜底"宋双"完全扣合。宋双（1911—2000），柬埔寨亲王，民主柬埔寨联合政府总理。1990年9月，宋双成为柬埔寨全国最高委员会委员之一。

王伦拒绝晁盖入伙（打美国历史名人一）　谜底：林肯。

王伦勉强接受了林冲，心里却总是担心自己的位置不保。晁盖等劫夺生辰纲后来到梁山，王伦设酒宴款待众人。晁盖等人的能力让王伦心生畏惧，他决定用五锭大块银子将晁盖等人送走。此谜需要会意反猜，王伦拒绝晁盖，但接受林冲，谜底"林肯"扣合谜面。

晁盖赖谁为寨主（打四字常用语一）　谜底：山头林立。

林冲杀掉王伦，就以头领身份主张让晁盖当梁山之主。林冲说："今有晁兄，仗义疏财，智勇足备，方今天下人闻其名，无有不伏。我今日以义气为重，立他为山寨之主，好吗？"众人道："头领言之

山东济宁水泊梁山风景区

极当。"就这样，晁盖成了梁山伯的总寨主。晁盖做了总寨主，自然成为"山头"；林冲力挺晁盖为总寨主，谜底就是"山头林立"。

宋江怒杀阎婆惜（打水浒传人物绰号一）　谜底：拼命三郎。

阎婆惜本是妓女，因宋江出银替其葬父，阎母感激，将婆惜送给宋江做外室。不想宋江只好结交江湖好汉，对女人的事根本不上心。阎婆惜心生怨气，便与他人勾搭成奸。梁山总寨主晁盖写给宋江的信被阎婆惜截获，并以此要挟宋江。宋江一怒之下，将其杀死。宋江，江湖人称"拼命三郎"。谜面"怒杀"对应"拼命"，宋江的外号正扣合谜底。

武松看罢榜文，仍朝景阳冈走去。（打十字成语一）　谜底：明知山有虎，偏向虎山行。

武松在山下喝了十八碗老酒，不理会店小二"山上有老虎"的提醒，执意前行。行近景阳冈看到政府的警示榜文，才意识到山里是真有虎。想想回去要被人耻笑，便借着酒劲上了景阳冈。谜底"明知山有虎，偏向虎山行"完全扣合谜面。

何物捂杀武大郎（打法律名词一）　谜底：被害人。

武大郎是武松的大哥，潘金莲的老公。潘金莲厌恶武大郎，经王婆牵线，与西门庆勾搭成奸。为除掉武大郎这个眼中钉，王婆与潘金莲给他下毒，见武大郎不死，便用被子将其捂死。谜面"何物"别解为"被子"；"捂杀"就是害人，武大郎就是"被害人"。

锦毛虎释及时雨（打京、沪地名各一）　谜底：顺义、松江。

锦毛虎燕顺原是山东羊马贩子，他红色头发、黄色胡须、臂长腰阔，久仰宋江大名，对其非常崇拜。燕顺在清风山占山为王时，手下曾抓获宋江。燕顺等要杀宋江，宋江仰天长叹，报出自己的姓名。燕顺听到宋江大名，忙持刀将绑缚宋江的绳索割断，跪地便拜。谜面背后的故事，说的是燕顺的义气和为宋江松绑。谜底"顺义、松江"扣合谜面。

黑旋风路遇冒名贼（打三字俗语一）　谜底：真见鬼。

谜面说的是黑旋风李逵路遇一个大汉劫道，手持两把板斧，黑墨涂脸，还自称是黑旋风。真李逵遇到了李鬼。谜底"真见鬼"扣合谜面。

梁山好汉排座次（打军事名词一）　谜底：英雄连队。

梁山挖出的石碑上，刻有全部梁山好汉的名字。并将他们分为天罡星三十六位，地煞星七十二位。梁山共有一百零八位好汉，不是英雄"连队"吗？谜底扣合谜面。

山东济宁水泊梁山忠义堂

三、三国演义谜

《三国演义》是元末明初小说家、中国章回小说鼻祖罗贯中的不朽之作，讲述的是从黄巾起义到西晋统一中国近百年的历史，其中魏蜀吴三国、刘关张三人以及曹操、孙权、诸葛亮等人物都是中国灯谜爱好者喜欢的题材。

三英结义于何处（打歌曲名一）　　谜底：在那桃花盛开的地方。

中国人民银行1990年发行的罗贯中纪念银币

刘备、关羽、张飞三人一见如故，情投意合。张飞便拉二人前往张飞庄园后的桃园结拜。当时正是桃花盛开的季节，景美花香。张飞慷慨准备青牛白马等祭品，三人焚香结拜，认为兄弟。刘备为大哥，关羽是二弟，张飞是三弟。这就是"桃园结义"的故事。谜底"在那桃花盛开的地方"扣合谜面。

愿和张角将军决一死战（打毛泽东词句一）　　谜底：欲与天公试比高。

黄巾军领袖张角以"苍天已死，黄天当立；岁在甲子，天下大吉"为口号，自称"天公将军"，发动黄巾起义。毛泽东词《沁园春·雪》中有"山舞银蛇，原驰蜡象，欲与天公试比高。须晴日，看红装素裹，分外妖娆"之句。谜面"张角将军"别解为"天公";"决一死战"别解为"比高低",谜底"欲与天公试比高"扣合谜面。

吕布执戟侍建阳（打字一）   谜底：啊。

吕布是《三国演义》中第一武将，他胯下赤兔马，手中一柄方天画戟，勇猛非常，被并州刺史丁原收在麾下为骑都尉。吕布先拜丁原为义父，后认董卓为干爹，所以张飞骂他是"三姓家奴"。谜面"吕"字离合为两个"口"字；"执戟"象形为"阝"；"建阳"是丁原的字，可别解为"丁"，谜底"啊"扣合谜面。

夏侯惇拔矢啖睛（打棋类术语三）   谜底：将军、损一目、叫吃。

夏侯惇是曹操手下大将，在与吕布手下将领高顺相战中大胜。高顺败走，夏侯惇纵马追赶。不料被对方阵中曹性看见，拈弓搭箭，射中夏侯惇左眼。夏侯惇急忙用手拔箭，不想连眼珠一起拔出。夏侯惇大呼："父精母血，不可弃也！"于是将眼珠吞下。然后提枪纵马，一枪将曹性刺死于马下。谜面中"夏侯惇"是"将军"；"拔矢"发现"损一目"；"啖睛"别解为"叫吃"。"将军"是中国象棋术语；"损一目""叫吃"是围棋术语。

以鞭虚指曰："前面有梅林。"（打中国电视剧名一、美国故事片名一）   谜底：《渴望》《真实的谎言》。

曹操当年打黄巾军张绣时，一路缺水，将士口干舌燥，不能继续行军。曹操心生一计，用鞭虚指前方说："前面有梅林。"众将士闻听，口中生津，于是不渴。"将士忘记口渴"别解为"渴望（忘）"；谜面曹操这句话不正是"真实的谎言"吗？谜底扣合谜面。

曹操煮酒论英雄（打《道德经》句一）　　谜底：是谓玄德。

　　董承约刘备联盟除掉曹操。刘备恐曹操生疑，每天浇水种菜，装作一副胸无大志的样子。可曹操生性多疑，欲试刘备，便以青梅绽开为名，煮酒邀其赴宴，论天下英雄。曹操说："天下英雄，唯使君与操耳。"刘备一听，非常心惊。正好天空响起一声巨雷，刘备装出害怕的样子，将筷子扔到地上。曹操一见，不再疑心刘备。《道德经》是老子李聃所作，其中有"生而不有，为而不恃，长而不宰，是谓不宰，是谓玄德"之语。意思是："生长万物却不据为己有，施恩万物却不自恃己功，养育万物却自为主宰，就是不自为主宰，就是深厚的恩德。"谜面"曹操煮酒论英雄"说的就是刘备刘玄德，别解为"是谓玄德"。

湖北武汉东湖梅园"煮酒论英雄"像

身在曹营心在汉（打成语一）   谜底：关怀备至。

刘备被曹操打败后，关羽保护两位嫂夫人无法逃生，被迫降曹。曹操非常欣赏关羽，用尽各种手段想将其收在麾下。无奈关羽对刘备忠心耿耿，一心想与刘备团聚。曹操手下的大将张辽是关羽的好友，张辽问关羽为何身在曹营心在汉，关羽回答："深感丞相厚意。只是吾身虽在此，心念皇叔，未尝去怀。"谜底"关"别解为"关羽"；"备"就是"刘备"。关羽非常怀念刘备，谜底自然就是"关怀备至"。

美髯公千里走单骑（打元代人名二）   谜底：关汉卿、马致远。

关羽，人称"美髯公"。他身在曹营，时刻惦念兄长刘备。当得知刘备消息后，关羽向曹操辞行，曹操故意不见。关羽将曹操送给他的财物、美女全部留下，将汉寿亭侯官印挂在大营，留书一封，骑上赤兔马，带着二位嫂子离开曹营。一路上，曹操设置障碍阻止关羽前行。关羽过五关，斩六将，千里奔行，最后在古城与刘备重聚。"美髯公"指的是"关羽"；关羽是刘备刘皇叔的义弟，也就是"大汉的卿"，谜底"关汉卿"扣合"美髯公"。而"马致远"会意为"千里走单骑"，也是非常扣合。关汉卿和马致远都是元代剧作家，前者的代表作是《窦娥冤》，后者的代表作是《汉宫秋》。

内事外事可问谁（打电影演员一）   谜底：张瑜。

孙策是三国时期吴国的奠基人。他临死之前，遗嘱将天下交给弟弟孙权，并说内事不决可问张昭；外事不决可问周瑜。谜底"张瑜"正好扣合"张昭""周瑜"。

的卢妨主（打成语一）　谜底：乘人之危。

　　的卢是匹千里马，原为刘表手下降将张武坐骑。张武叛变后，在阵前叫骂挑战刘表。刘备为报答刘表收留之恩，主动请缨出战。刘备见的卢俊美，大赞。赵云会意，一枪挑落张武，夺得的卢。刘表见了的卢，也赞不绝口。刘备就将其献予刘表。刘表谋士蒯越认为此马"眼下有泪槽，额边生白点"，是匹"妨主"的马，而且张武就是乘坐此马而死的。刘表一听，吓得将的卢还给了刘备。后来的卢飞跃檀溪救了刘备的命，粉碎了"妨主"的传言。"的卢"是用来骑乘的马，如果它妨主，一定是乘坐之人有危险。谜底"乘人之危"扣合谜面。

三顾茅庐（打作家名二）　谜底：刘再复、张贤亮。

　　刘备为请诸葛亮出山，态度真诚，前后三次与关羽、张飞登门

河南南阳武侯祠三顾堂

拜访。谜底"刘再复","再"是第二次,"复"又加了一次,扣合谜面。

连续三次前来拜访,张飞的暴脾气终于发作,扬言要将诸葛亮绑缚交给哥哥刘备。谜底"张贤亮"可以别解为"张飞嫌弃诸葛亮"。

诸葛亮舌战群儒(打《水浒传》人物二)　谜底:孔明、白胜。

刘备兵败退守夏口,曹操大军压境虎视眈眈。不仅刘备胆怯,就连东吴也是降声一片。诸葛亮只身前往东吴,游说孙权手下文武大臣,并与他们展开激烈辩论,将群儒驳得哑口无言。最终孙权答应与刘备结盟,同敌曹操。诸葛亮字孔明,谜底"孔明"别解为"诸葛亮";"舌战群儒"用的是"辩白"之功,谜底当然就是《水浒传》中的白日鼠"白胜"了。

遭遇云长,孟德获释。(打字一)　谜底:送。

曹操兵败华容道,只剩残兵败将,气数将尽。他不悲己,却反笑诸葛亮无能,说:"如果在此设下埋伏,吾命休矣。"说罢大笑。笑声未落,关羽带兵从一旁杀出。手下谋士知关羽恩怨分明,信义素著,就劝曹操亲自求情。关羽果然念旧恩,将曹操放走。谜面"遭"字有个"曹",关羽关云长遇到曹操曹孟德,自然是曹走关留,谜底"送"扣合谜面。

四、西游记灯谜

《西游记》是四大名著里唯一一部神话小说,该书描写唐僧师徒四人西行取经的坎坷故事。作者吴承恩是明代杰出小说家。灯谜爱好者喜

江苏淮安吴承恩纪念馆。匾额"射阳簃"是著名佛学大师赵朴初题写，吴承恩号射阳居士，"簃"指书斋。两侧对联为"青山绿水千载秀；锦绣华堂百世荣"

爱《西游记》这个题材，也创作出了大量的精彩作品。

美猴王虔心学道（打当代人名一） 谜底：孙敬修。

猴头出世后，漂洋过海，来到灵台方寸山斜月三星洞学艺，须菩提祖师赐其法号"孙悟空"。孙敬修（1901—1990），中国著名儿童教育家，人称"孙敬修爷爷"。谜面"美猴王"别解为"孙"；"虔心"就是"恭敬"；"学道"别解为"修行"。

美猴王龙宫借宝（打成语一） 谜底：大海捞针。

大禹治水时，留在天河底一块神珍铁，作为定海神针。神珍铁两头是两个金箍，中间是一段乌铁，紧挨金箍有一行字：如意金箍棒，重一万三千五百斤。孙悟空强行从东海龙王处借得如意金箍棒，这根神针长两丈有余，还可以不断变小，甚至变成绣花针，藏在孙悟空耳朵里。孙悟空这根如意金箍棒是从东海龙宫里借出来的，不正是"大海捞针"吗？

孙悟空闹御果园（打《聊斋志异》篇目三）　谜底：《齐天大圣》《天宫》《偷桃》。

齐天大圣看管蟠桃园（打成语二）　谜底：监守自盗、自食其果。

许逊许真人见齐天大圣孙悟空终日闲逛，无所事事，怕他生出事端，就奏请玉帝，安排他主管蟠桃园。蟠桃园共有桃树3600棵，据说吃一个蟠桃可以增加500年寿命。蟠桃成熟时，天宫的神仙就要开蟠桃会。孙悟空见蟠桃成熟，一心想吃上几个，就设计将土地爷、运水力士、修桃力士等哄骗出门，然后攀上桃树，大吃一顿。等到七仙女来桃园摘桃时，仅剩2篮小桃，3篮中桃，王母娘娘的蟠桃会被孙悟空搅黄了。

庙后旗竿乃悟空尾巴所变（打字一）　谜底：电。

二郎神受命捉拿孙悟空，大圣滚下山崖，伏在那里变成一座土地庙。张着大口变成庙门；牙齿变成门扇；舌头变成菩萨；眼睛变成窗棂。可是尾巴无处藏，就变成了旗竿，放在庙后。可是庙的旗竿都竖在前面，哪有放在后面的道理？二郎神一眼看破，孙悟空不得已再次逃跑。谜面"庙"由"广、由"两字组成，庙后的那个是"由"。孙悟空是美猴王，中国地支和生肖文化里有申猴、酉鸡、戌狗、亥猪之说，就是说，"猴"与"申"是互通的。但谜面还说"乃悟空尾巴所变"，"尾巴"两个字都有"乚"。"申"加上"乚"，就成为谜底"电"字。

天蓬元帅误投胎（骊珠格）　谜底：生肖·猪。

天河里的天蓬元帅酒后调戏嫦娥，被玉帝责罚两千锤，贬入凡

中国人民邮政1979年发行的《西游记》特种邮票

间，不想错投入母猪胎里。骊珠格要求将谜目和谜底同时猜出，谜目"生肖"、谜底"猪"扣合谜面。

唐僧取经欲何往（打杭州名胜一）　　谜底：上天竺。

唐玄奘去西天取经，其实就是去天竺。天竺，也称身笃、身毒、贤豆，后统一名称为印度。在杭州灵隐寺南，有下天竺、中天竺、上天竺三座古寺。上天竺始建于战国时期，是三个当中规模最大的。乾隆年间改名为法喜寺。它是一座观音道场。谜底"上天竺"扣合谜面。

唐僧坐骑由何变（打中华老字号一）　　谜底：马应龙。

唐僧的坐骑原是白马。小龙误将白马吃掉，孙悟空和他争斗，又搬来菩萨评理。菩萨答应让小龙变成白马驮着唐僧取经。由此可知，唐僧骑的白马其实是"龙"。谜底"马应龙"扣合谜面。

沙和尚何处曾安身（骊珠格）　谜底：作家·流沙河。

唐僧骑着白龙马，带着孙悟空与猪八戒来到一处河流，见岸上有一座石碑，上面写着三个篆字：流沙河。这里就是沙和尚曾经住的地方。流沙河也是一位中国著名诗人的笔名，他的原名是余勋坦，曾出版《锯齿啮痕录》《独唱》等小说、诗歌、诗论、散文、专著22种。谜底"作家·流沙河"扣合谜面。

八戒为悟净二兄（打城市名一）　谜底：长沙。

唐僧的三个徒弟，悟空是大师兄、悟能是二师兄、悟净是小师弟。谜底"长"此处应该读"zhǎng"，别解为八戒年长于悟净。

断绝草还丹，大圣离果园。（打五字成语一）　谜底：树倒猢狲散。

孙悟空偷吃人参果，被仙童骂了几句，非常生气。就拔出一根毫毛变出一个假行者，跟随师父等前行，自己的真身却到人参园里，将树一一推倒。人参果遇土入地，树上不见一个果子。悟空大叫："好！好！大家散伙！"谜面"断绝草还丹"说的是"树倒"；"大圣"是猴子，自然是"猢狲"，而"散"是悟空自己说的话。

白骨惹恼孙大圣（打中医术语一）　谜底：精气神。

白骨指白骨精，她三次戏弄唐三藏自然让孙悟空这个天神非常气恼。

悟空俯视东洋潮（打黄山名胜一）　　谜底：猴子观海。

孙悟空被唐僧误会逐出师门后，望着东洋大海，道："我不走此路者，已五百年矣。""东洋潮"指的是大海。黄山狮子峰前，有一个石猴独立峰巅，好像在极目远眺面前的云海，此景被命名为"猴子观海"。

猪八戒草下藏生（打字一）　　谜底：蒗。

宝象国的三公主被碗子山波月洞黄袍妖掠走13年。国王思念女儿，求助唐僧帮忙救女。八戒和沙僧受命前往营救。结果八戒招架不住，钻进草丛躲了起来，但还留一只耳朵在外听动静。沙僧不敌，被黄袍妖抓走。谜面"猪八戒"别解为"豕"，一头猪躲在草下偷生，正是谜底"蒗"字。

红孩儿甘拜下风（打时装名一）　　谜底：牛仔服。

红孩儿是牛魔王和铁扇公主的儿子。他住在枯松涧火云洞，听说吃唐僧肉可以长生不老，就施计用狂风卷走唐僧。孙悟空也打不过他，就请观音菩萨帮忙。红孩儿被观音法力制伏，纳头下拜。观音菩萨收了红孩儿做善财童子。谜面"红孩儿"别解为牛魔王的孩子"牛仔"；"服"别解为"服软、认输"。

八戒变作太上老君（打《聊斋志异》篇目一）　　谜底：《猪嘴道人》。

孙悟空师兄弟三人夜闯三清殿，见供桌上的美味，食欲大动。八戒一嘴将太上老君像拱下，自己坐在上面。孙悟空和沙和尚也如法炮制，分别坐在元始天尊和灵宝道君的像位上。三人大快朵颐起来。谜

《西游记》连环画

底"猪嘴"别解为"八戒";"道人"则是"太上老君"。

三清观大圣留名（打电影演员名一）　谜底：孙道临。

孙道临（1921—2007），中国著名表演艺术家。曾主演《大雷雨》《乌鸦与麻雀》《渡江侦察记》《永不消逝的电波》等电影。

唐三藏路阻火焰山（打地理名词二）　谜底：西经、热赤道。

唐僧西天取经，路遇火焰山受阻。后来孙悟空借得芭蕉扇，扇灭火焰，师徒四人顺利西行。西经，即西经度的简称，是指本初子午线（0°经线）以西至180°的经线。热赤道，与赤道不重合，它是每条经线上年平均气温最高点连成的线。

五、世界名著谜

中国的灯谜爱好者不仅从本国文学作品中取材，而且还放眼世界，将很多世界名著和作家引入谜面或谜底。

放下屠刀，立地成佛。（打外国文学名著一） 谜底：《永别了，武器》。

本谜采用正面会意即可以猜出。《永别了，武器》是美国著名作家欧内斯特·米勒尔·海明威创作的一部长篇小说。小说以第一次世界大战为背景，讲述了美国军人亨利和英国护士凯瑟琳之间曲折的爱情故事。海明威的代表作有《老人与海》《太阳照样升起》《丧钟为谁而鸣》等。凭借《老人与海》，海明威于1954年获得诺贝尔文学奖。晚年，海明威因高血压实行电击治疗，对他的记忆力造成损伤。1961年7月2日，海明威在家中自杀。

蹉跎岁月（打外国文学名著一） 谜底：《艰难时世》。

本谜采用正面会意即可猜出。《艰难时世》是英国著名作家查尔斯·狄更斯42

英国著名作家狄更斯

岁时创作的长篇小说，描写了当时英国社会紧张的劳资关系。狄更斯的代表作有《匹克威克外传》《雾都孤儿》《老古玩店》等。

宣判刑事犯（打外国文学名著一）　谜底：《罪与罚》。

本谜采用正面会意即可猜出。《罪与罚》是俄国著名作家费奥多尔·米哈伊洛维奇·陀思妥耶夫斯基创作的长篇小说，描写了贫富不均的资本主义社会中底层人物的悲惨生活。陀思妥耶夫斯基是俄国19世纪文学家的代表人物，1880年，他发表了《卡拉马佐夫兄弟》，被誉为人类有文明历史以来最伟大的小说。1881年，陀思妥耶夫斯基去世，终年60岁。

歼（打外国文学名著一）　谜底：《一千零一夜》。

这是字谜。"歼"字由三部分组成，"一""夕""千"，谜底《一千零一夜》扣合谜面。《一千零一夜》又名《天方夜谭》，是阿拉伯民间故事集。相传古代萨桑国有一个残忍的国王，每天都要娶一个少女，翌日清晨就将其杀掉。宰相之女、聪明的山鲁佐德挺身而出，主动嫁给国王。她给国王讲故事，但每到精彩处，天就亮了。国王不忍杀她，便让她继续讲。山鲁佐德连续讲了一千零一夜的故事，国王终于被感动，决定与她相守一生。

女校（打外国文学名著一）　谜底：《妇人学堂》。

本谜采用正面会意即可猜出。《妇人学堂》是法国剧作家让·巴蒂斯特·莫里哀创作的喜剧，描写的是阿尔诺耳弗收养了4岁的孤女阿涅丝，并将其寄养在修道院，希望把她培养为自己的妻子。17岁时，阿涅丝被接回到家中，却与青年奥拉斯产生了爱情，并喜结连理。莫里哀是法国17世纪最重要的作家，代表作有《唐璜》《无病呻吟》《伪君子》《悭吝人》。莫里哀还是一位演员，1673年2月17日，他带病主演《无病呻吟》获得满堂喝彩，而他却在掌声中告别了这个世界。

皓齿（徐妃格，打外国文学名著一）　谜底：《萌芽》。

"皓齿"别解为"明亮的牙齿"，按照徐妃格的规则，将"萌芽"去掉上面的"艹"字头，就是"明牙"，扣合谜面。《萌芽》是法国作家左拉创作的长篇小说，也是他的代表作，描写的是朗杰从一名普通工人成长为工人领袖，后前往巴黎参加革命的故事。1902年，因被人恶作剧堵住烟囱，导致一氧化碳中毒，窒息死亡，终年62岁。

廿七岁（打外国文学名著一）　谜底：《九三年》。

谜面"廿七"别解为"九三"；"岁"就是"年"，谜底"九三年"扣合谜面。《九三年》是法国浪漫主义作家维克多·雨果创作的长篇小说，描写的是1793年法国军队镇压旺代地区反革命叛乱的故事。雨果的代表作有《巴黎圣母院》《悲惨世界》《海上劳工》等。

长颈鹿（卷帘格，打外国文学名著一）　谜底：《高老头》。

长颈鹿的特点就是身材高，脖子长，头部高高在上。谜底"高老头"按照卷帘格规则，要从后往前读，就是"头老高"，谜底扣合谜面。《高老头》是法国著名作家奥诺雷·德·巴尔扎克的长篇小说，描写的是鳏居的投机面粉商人高老头将自己的绝大部分财产分给了两个女儿，最后两个女儿榨干了他仅有的生活费，却再也不来看他。高老头最终孤独而死。巴尔扎克是现代法国小说之父，代表作《人间喜剧》《朱利安人》等。

身兼二职（打外国文学名著一）　谜底：《复活》。

本谜采用正面会意即可猜出。《复活》是俄国著名作家列夫·尼古拉耶维奇·托尔斯泰创作的最后一部长篇小说，描写的是大学生聂赫留道夫到姑妈家度假时，诱奸了姑妈的养女玛丝洛娃，后又抛弃了她，使她沦为娼妓。11年后，聂赫留道夫成为陪审官，而玛丝洛娃却被诬谋财害命，俩人在法庭上再次见面。聂赫留道夫良心发现，准备帮助玛丝洛娃洗清冤屈后发生的一系列故事。托尔斯泰是20世纪初最伟大的作家，代表作有《战争与和平》《安娜·卡列尼娜》等。

矗立在法国巴黎蓬皮杜中心附近的由法国著名雕塑艺术家罗丹创作的巴尔扎克像

乌合之众（打外国文学名著一）　谜底：《飞鸟集》。

谜面"乌"指乌鸦，别解为"飞鸟"；"众"别解为"集合"，谜底"飞鸟集"扣合谜面。《飞鸟集》是印度伟大的诗人泰戈尔的诗作集，共有300余首小诗。1913年，泰戈尔获得诺贝尔文学奖，成为第一位获此殊荣的亚洲人。泰戈尔曾创作《死亡的贸易》，谴责英国向中国倾销鸦片。1924年，泰戈尔应梁启超、蔡元培的邀请访问过中国。

老子天下第一（打外国文学名著一）　谜底：《李耳王》。

谜面"老子"别解为"老聃、李耳"，谜底"李耳王"扣合谜面。《李耳王》，也译作《李尔王》，是英国最伟大作家莎士比亚创作的四大悲剧之一，其他三部是《哈姆雷特》《奥赛罗》《麦克白》。

不喜繁文缛节（秋千格，打外国文学名著一）　谜底：《简·爱》。

谜面的意思是"喜欢简单"，按照秋千格规则，谜底应该为两个字，且要从后往前读。谜底"简爱"扣合谜面。《简·爱》是英国著名作家勃朗特三姐妹之一的夏洛蒂·勃朗特的长篇小说，也是她的代表作。小说描写的是孤女、家庭教师简·爱与主人罗切斯特的爱情故事。妹妹艾米丽·勃朗特的代表作是《呼啸山庄》；小妹安妮·勃朗特的代表作是《阿格尼丝·格雷》。

皇上勃然大怒（卷帘格，打外国文学名著一）　谜底：《变色龙》。

谜面"皇上"别解为"龙"；"勃然大怒"别解为"变色、色变"，按照卷帘格的规则，谜底"变色龙"须逆读为"龙色变"。《变色龙》是俄国短篇小说大师、著名作家安东·巴甫洛维奇·契诃夫的代表作。它描写的是沙俄警察在处理狗伤人的事件时，随着传说中的狗主人的不同，而不断变脸的故事。契诃夫的代表作还有《套中人》《小公务员之死》等。

一杯香茗值千金（打外国文学名著一）　谜底：《茶花女》。

本谜正面会意即可。《茶花女》是法国著名作家小仲马的中篇小说，描写的是茶花女、妓女玛格丽特与青年阿芒相爱，遭到阿芒父亲阻挠，玛格丽特被迫离开。阿芒误会茶花女，就对她展开报复的故事。

第四章　名句灯谜

一、唐诗名句谜

举头望明月（打外国地名一）　谜底：仰光。

谜面取自唐代伟大的浪漫主义诗人、"诗仙"李白的五言绝句

四川绵阳江油市李白纪念馆太白堂

《静夜思》，全诗是：床前明月光，疑是地上霜。举头望明月，低头思故乡。谜底"仰光"是缅甸首都，扣合谜面。

明月松间照，清泉石上流。（打常用词一）　谜底：影响。

谜面取自唐代著名诗人、"诗佛"王维的五言律诗《山居秋暝》，全诗是：空山新雨后，天气晚来秋。明月松间照，清泉石上流。竹喧归浣女，莲动下渔舟。随意春芳歇，王孙自可留。本谜可采用分段扣合法解析谜面，前段"明月松间照"扣"影"字；后段"清泉石上流"扣"响"字，谜底即为常用词"影响"。

人间能得几回闻（打外国文学名著一）　谜底：《神曲》。

谜面取自唐代"诗圣"杜甫的七言绝句《赠花卿》，全诗是：锦城丝管日纷纷，半入江风半入云。此曲只应天上有，人间能得几回闻。解析谜面时，一定要知道"闻"的是什么。如果对此诗熟悉，就会想到"闻"到的是天上有的"曲"。而天上的曲，当然就是"神曲"了。有人会问，为什么不用"此曲只应天上有"做谜面？如果这样的话，就犯了灯谜大忌——露春。

野渡无人舟自横（打字一）　谜底：激。

谜面取自唐代诗人韦应物的七言绝句《滁州西涧》，全诗是：独怜幽草涧边生，上有黄鹂深树鸣。春潮带雨晚来急，野渡无人舟自横。解析谜面，"野渡无人舟自横"的意思是：荒野边的渡口没有行人来往，只有几只小船自在地放泊在水面上。谜底"激"字可以拆分为"放、泊"二字，扣合谜面。

　　草色遥看近却无（打《红楼梦》人物二）　　谜底：翠缕、碧痕。

　　谜面取自唐代著名文学家、唐宋八大家之首韩愈的七言绝句《早春呈水部张十八员外》，全诗是：天街小雨润如酥，草色遥看近却无。最是一年春好处，绝胜烟柳满皇都。谜面解析：小雨之后，远看一缕缕翠绿的青草，泛着碧绿的痕迹，近看却什么都没有。谜底"翠缕、碧痕"扣合谜面。《红楼梦》中，翠缕即缕儿，是史湘云的丫鬟；碧痕是贾宝玉房里的丫鬟，在书中出现的次数不多。

　　问姓惊初见，称名忆旧容。（打称谓一）　　谜底：新闻记者。

　　谜面取自唐代诗人李益的五言律诗《喜见外弟又言别》，全诗是：十年离乱后，长大一相逢。问姓惊初见，称名忆旧容。别来沧海事，语罢暮天钟。明日巴陵道，秋山又几重。采用分段扣合法解析谜面，前段为"新闻"，后段为"记者"。

　　僧敲月下门（打外国地名一）　　谜底：关岛。

　　谜面取自唐代著名诗人、"诗奴"贾岛的五言律诗《题李凝幽居》，全诗是：闲居少邻并，草径入荒园。鸟宿池边树，僧敲月下门。过桥分野色，移石动云根。暂去还来此，幽期不负言。"僧敲月下门"的"僧"是贾岛自称。贾岛早年出家为僧，法号无本。后被韩愈赏识，还俗。诗人贾岛访友人李凝不遇，吃了闭门羹，被关在了门外，谜底"关岛"扣合谜面。

　　晚来天欲雪（打成语一）　　谜底：下落不明。

　　谜面取自唐代伟大的现实主义诗人、"诗王"白居易的五言绝句《问刘十九》，全诗是：绿蚁新醅酒，红泥小火炉。晚来天欲雪，能饮一杯无。解析谜面，"天欲雪"别解为"雪要下还未下"，尚处于"不明"的阶段；"晚来"别解为"天黑、不明"，谜底"下落不明"扣合谜面。刘十九即刘禹铜，白居易晚年最好的朋友。

东风不与周郎便（打《聊斋志异》篇目二）　　谜底：《连锁》《乔女》。

谜面取自唐代著名诗人、"小杜"杜牧的七言绝句《赤壁》，全诗是：折戟沉沙铁未销，自将磨洗认前朝。东风不与周郎便，铜雀春深锁二乔。解析谜面，说的是如果周瑜没有借得东风，那么赤壁之战就绝无胜算，其结果当然是大乔小乔早就被曹操锁进铜雀台了。谜底《连锁》《乔女》扣

江西庐山花径白居易草堂白居易塑像

合谜面。

蜡炬成灰泪始干（打交通名词一）　谜底：终点。

谜面取自唐代晚期杰出"小李"诗人李商隐的七言律诗《无题》，全诗是：相见时难别亦难，东风无力百花残。春蚕到死丝方尽，蜡炬成灰泪始干。晓镜但愁云鬓改，夜吟应觉月光寒。蓬山此去无多路，青鸟殷勤为探看。李商隐与杜牧并称为"小李杜"。解析谜面，蜡烛点到终了，燃尽成灰后，蜡"泪"才能耗干。谜底"终点"扣合谜面。

人面桃花相映红（打《水浒传》人物一）　谜底：朱仝。

谜面取自唐代诗人崔护的七言绝句《题都城南庄》，全诗是：去年今日此门中，人面桃花相映红。人面不知何处去，桃花依旧笑春风。解析谜面，姑娘白里透红的面容与盛开的桃花互相映衬，一样鲜红。而《水浒传》中美髯公朱仝的名字非常扣合谜面，"朱"是红色；"仝"是同的异体字。"朱仝"别解为"相同的红颜色"，扣合谜面。

莫待无花空折枝（打常用语一）　谜底：当断则断。

谜面取自唐代女诗人杜秋娘的七言绝句《金缕衣》，全诗是：劝君莫惜金缕衣，劝君惜取少年时。有花堪折直须折，莫待无花空折枝。此诗劝告年轻人要珍惜眼前美好时光，不要沉迷于《金缕衣》那样的歌舞升平。遇到美好盛开的花要及时摘取，不要等到花败时仅摘无花的空枝。谜底"当断则断"采用正面会意猜射，扣合谜面。

笑问客从何处来（打文学名词一）　谜底：章回小说。

谜面取自唐代诗人贺知章的七言绝句《回乡偶书》，全诗是：

少小离家老大回，乡音无改鬓毛衰。儿童相见不相识，笑问客从何处来。这是一首脍炙人口的唐诗，谜面中的"客"指的是"贺知章"，即"章"；"从何处来"对诗人来讲是"回家"；问诗人这个问题的是"儿童、小儿"，谜底"章回小说"扣合谜面。

> **眼前有景道不得，崔颢题诗在上头。（打电影演员一） 谜底：李默然。**

谜面取自流传1200多年的诗坛佳话。唐代诗人崔颢游览黄鹤楼，并赋诗《黄鹤楼》：昔人已乘黄鹤去，此地空余黄鹤楼。黄鹤一去不复返，白云千载空悠悠。晴川历历汉阳树，芳草萋萋鹦鹉洲。日暮乡关何处是？烟波江上使人愁。当地友人将此诗刻于黄鹤楼壁上。李白到此游览时，诗兴大发，也即兴赋诗几首，可是都不甚满意。抬头看见崔颢的《黄鹤楼》，突发感慨，就说出了谜面中的那两句话。谜底"李默然"解析为"李白道不得"，扣合谜面。

二、宋词名句谜

> **待从头，收拾旧山河，朝天阙。（打词牌名三） 谜底：得胜令、凭栏人、朝天子。**

谜面取自宋代爱国名将岳飞的《满江红·怒发冲冠》，全文是："怒发冲冠，凭栏处、潇潇雨歇。抬望眼，仰天长啸，壮怀激烈。三十功名尘与土，八千里路云和月。莫等闲、白了少年头，空悲切。靖康耻，犹未雪；臣子恨，何时灭？驾长车、踏破贺兰山缺。壮志饥餐胡虏肉，笑谈渴饮匈奴血。待从头、收拾旧山河，朝天阙。"

此谜谜目是打词牌名三个，难度非常大。因为词牌有上千个，千中取三，对词牌没有一定的了解是无法猜得此谜的。但谜面已经透露出"得胜还朝见天子"之意，故可解析为"得胜后，令凭栏人回朝见天子"。谜底"得胜令、凭栏人、朝天子"扣合谜面。

　　靖康耻，犹未雪；臣子恨，何时灭？（打俗语一）　谜底：一心挂两头。

　　本谜面也取自岳飞的《满江红·怒发冲冠》。靖康耻，指的是北宋靖康年间，金军攻破东京汴梁，在城内搜刮抢掠，还将宋徽宗、宋钦宗二位父子皇帝以及后妃、皇子等数千人劫到金国，导致北宋灭亡。谜面说的是岳飞心里惦记着两位皇帝，即两个头头。谜底"一心挂两头"扣合谜面。

浙江杭州岳庙岳飞像。背后"还我河山"横额相传为岳飞亲笔，两侧楹联为赵朴初1979年撰并书，上联为"观瞻气象耀民魂，喜今朝祠宇重开，老柏千寻抬望眼"；下联是"收拾山河酬壮志，看此日神州奋起，新程万里驾长车"

山盟虽在，锦书难托。（打成语一）　谜底：言而无信。

　　谜面取自南宋著名词人陆游的《钗头凤·红酥手》，全文是："红酥手，黄藤酒，满城春色宫墙柳。东风恶，欢情薄。一杯愁绪，几年离索。错，错，错！春如旧，人空瘦，泪痕红浥鲛绡透。桃花落，闲池阁。山盟虽在，锦书难托。莫，莫，莫。"谜面"山盟"别解为"言"；"锦书"别解为"信（笺）"。谜底"言而无信"扣合谜面。

众里寻他千百度（打电影名一）　谜底：《三个失踪的人》。

　　谜面取自南宋著名词人辛弃疾的《青玉案·元夕》，全文是："东风夜放花千树，更吹落，星如雨。宝马雕车香满路。凤箫声动，玉壶光转，一夜鱼龙舞。蛾儿雪柳黄金缕，笑语盈盈暗香去。众里寻他千百度，蓦然回首，那人却在，灯火阑珊处。"谜底"众"解析为"三人"；"寻他"自然是"寻找不见踪影的人"，谜底扣合谜面。电影《三个失踪的人》是导演严寄洲拍摄的，描写解放战争时期中国人民解放军对敌斗争的影片。

千古兴亡多少事（打学科三）　谜底：历史、代数、几何。

　　谜面取自南宋著名词人辛弃疾的《南乡子·登京口北固亭有怀》，全文是："何处望神州？满眼风光北固楼。千古兴亡多少事？悠悠，不尽长江滚滚流。年少万兜鍪，坐断东南战未休。天下英雄谁敌手？曹刘，生子当如孙仲谋。"谜面"千古兴亡"解析为"历代历朝的更迭"，谜底三个词，读作"历史代，数几何"，扣合谜面。

风急雁行吹字断（打成语一）　谜底：盛气凌人。

谜面取自北宋文学家欧阳修的《渔家傲》，全文是："十月小春梅蕊绽，红炉画阁新装遍。锦帐美人贪睡暖，羞起晚，玉壶一夜冰澌满。楼上四垂帘不卷，天寒山色偏宜远。风急雁行吹字断，红日晚，江天雪意云撩乱。""雁行"呈"人"字，被急风一吹，"人"字被打乱。谜底"盛气凌人"扣合谜面。

这次第，怎一个愁字了得。（打外国文学名词一）　谜底：莫里哀剧作。

谜面取自宋代著名女词人李清照的《声声慢》，全文是："寻寻觅觅，冷冷清清，凄凄惨惨戚戚。乍暖还寒时候，最难将息。三杯两盏淡酒，怎敌他，晚来风急？雁过也，正伤心，却是旧时相识。满地黄花堆积，憔悴损，如今有谁堪摘？守着窗儿，独自怎生得黑？梧桐更兼细雨，到黄昏、点点滴滴。这次第，怎一个愁字了得？"词中提到"晚、黑、黄昏"均指天色将晚，汉字"暮"通"莫"，"暮色中的愁"别解为"莫里哀"。而"愁字了得"则是"哀思急剧发作"，谜底"莫里哀剧作"扣合谜面。以《声声慢》词句为谜面的还有：

最难将息（打医学名词一）　谜底：失眠。

三杯两盏淡酒（打节气名一）　谜底：春分。

梧桐更兼细雨（打字一）　谜底：沐。

谜面可以有李清照的词，谜底也可以。如：傍晚便用眼药水（打宋词句一）谜底：到黄昏点点滴滴。

泪珠不用罗巾裛（打成语一）　谜底：放任自流。

　　谜面取自宋代文学家苏轼的《醉落魄·忆别》，全文是："苍头华发，故山归计何时决。旧交新贵音书绝。惟有佳人，尤作殷勤别。离亭欲去歌声咽，潇潇细雨凉吹颊。泪珠不用罗巾裛。弹在罗衣，图得见时说。"谜面中的"裛"通"浥"，意思是沾湿。谜面直接会意为"任眼泪流下，不用手巾擦拭"，谜底"放任自流"扣合谜面。

执手相看泪眼，竟无语凝噎。（卷帘格，打常用词三）　谜底：难道、悲观、掌握。

　　谜面取自宋代著名词人柳永的《雨霖铃》，全文是："寒蝉凄切，对长亭晚，骤雨初歇。都门帐饮无绪，留恋处，兰舟催发。执手相看泪眼，竟无语凝噎。念去去，千里烟波，暮霭沉沉楚天阔。多情自古伤离别，更那堪，冷落清秋节！今宵酒醒何处？杨柳岸，晓风残月。此去经年，应是良辰好景虚设。便纵有千种风情，更与何人说？"谜面"执手"解析为"手掌相握"；"相看泪眼"解析为"互相看到对方的悲伤"；"无语"当然就是"说不出话来"。按照卷帘格的规定，谜底要逆读，所以"难道、悲观、掌握"，应该读成"握掌、观悲、道难"。

起舞弄清影，何似在人间？（打外国名胜一）　谜底：凡尔赛宫。

　　谜面取自宋代文学家苏轼的《水调歌头》，全文是："明月几时有？把酒问青天。不知天上宫阙，今夕是何年。我欲乘风归去，又恐琼楼玉宇，高处不胜寒。起舞弄清影，何似在人间？转朱阁，低绮户，照无眠。不应有恨，何事长向别时圆。月有阴晴圆缺，人有悲欢离合，此事古难全。但愿人长久，千里共婵娟。"通读全文，结合谜

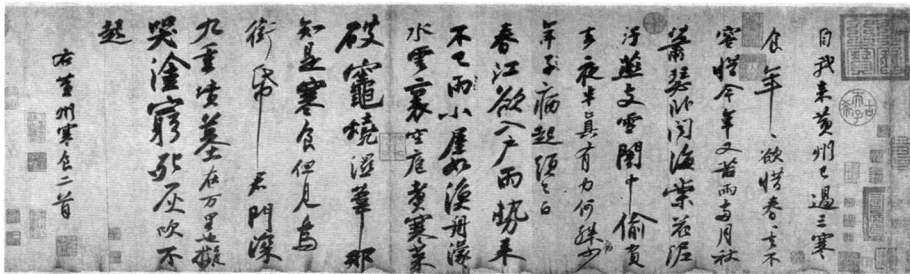

苏轼撰书之《黄州寒食诗帖》，行书17行，全文129字，现存台北故宫博物院

面，体会作者到"天上宫阙"，跳起舞蹈，享受有一种不在人间，飘飘欲仙的感觉。谜底"凡"在这里指"凡间、人间"，别解为"凡间胜过天上宫阙"。谜底"凡尔赛宫"扣合谜面。

三、四书名句谜

《四书》，即《大学》《中庸》《论语》《孟子》。清末民初的文人雅士将《四书》作为谜材，创作出一些难度非常大的灯谜。

凭君传语报平安（打《四书》句一）　谜底：言不必信。

这是清末著名文学家俞樾创作的一条灯谜。谜面取自唐代著名边塞诗人岑参的七言绝句《逢入京使》，全诗是："故园东望路漫漫，双袖龙钟泪不干。马上相逢无纸笔，凭君传语报平安。"谜面的意思是：（身边没有纸笔，无法写信）就请您给我家捎个话报个平安（代替家书了）。谜底取自《孟子·离娄下》，原文是："大人者，言不必信，行不必果，惟义所在。"意思是："通达的人说话不一定句句守信，做事不一定非有结果不可，只要合乎道义就可。"谜底将"信"别解为"家书"，扣合谜面。

巨屦小屦（打《四书》句一）　谜底：足以有别也。

屦（jù），古时用麻、葛等制成的鞋。谜面取自《孟子·滕文公上》，全文是："夫物之不齐，物之情也；或相倍蓰，或相什百。子比而同之，是乱天下也。巨屦小屦同贾，人岂为之哉？"意思是："货物质量参差不齐，是物的本性。有的相差十倍百倍，有的甚至相差千倍万倍。您硬要它们卖相同的价钱，这是搅乱天下啊！粗糙的麻鞋和精美的麻鞋卖相同的价钱，人们会做这样的蠢事吗？"

谜底取自《中庸》第三十一章："唯天下至圣，为能聪明睿知，足以有临也；宽裕温柔，足以有容也；发强刚毅，足以有执也；齐庄中正，足以有敬也；文理密察，足以有别也。"意思是："只有天下最为圣明的人，才能聪明且智慧，足以统治民众；心胸豁达温柔，足以容纳天下的人和事；坚强刚毅，足以处理天下大事；庄重中正，足以得到民众的敬重；条理密察，足以分辨是非。"谜底的"足"别解为"屦"，即脚上穿的鞋有大小之别。

夫阳子，本以布衣隐于蓬蒿之下。（打《四书》句一）　谜底：城非不高也。

谜面取自唐代著名文学家韩愈的《诤臣论》："夫阳子本以布衣隐于蓬蒿之下。主上嘉其行谊，擢在此位。"意思是说："阳先生本来以百姓的身份隐居在草棚，皇帝观察他行为适宜，便嘉奖他，提拔他到现在这个职位。"阳先生，名阳城。酷爱读书，可惜家中无书可读。后来有机会任职集贤院写书吏，6年内得以博览官书，无所不通。唐德宗时中进士，后隐居河北中条山。经李泌推荐，唐德宗任其为谏大夫。为官5年，天天饮酒，不理正事。韩愈就写《诤臣论》激他，阳城不为所动。

谜底取自《孟子·公孙丑下》："天时不如地利，地利不如人和。三里之城，七里之郭，环而攻之而不胜；夫环而攻之，必有得天时者矣；然而不胜者，是天时不如地利也。城非不高也，池非不深也，兵革非不坚利也，米粟非不多也；委而去之，是地利不如人和也。"意思是："有利的时机和气候不如有利的地势，有利的地势不如人的齐心协力。一个有着三里方圆的内城墙，七里方圆的外城墙的小城，四面环攻不能破。其实四面环攻，总有遇到好时机或好天气的时候，但攻不破，就说明有利的时机和气候不如有利的地势。还有一种情况，城墙不是不高，护城河不是不深，兵器和甲胄不是不坚固，粮草不是不充足，可还是弃城而逃，这说明有利的地势不如人的齐心协力。"

谜底中的"城"别解为"阳子"，因为他的名叫阳城。"城非不高也"本意是"城墙并非不高大"，这里别解为"阳城（的学识）不是不高明"。此灯谜深得资深谜家赏识，"谜圣"张启南评价此谜："以'本以'反振'非不'，何等自然；似韩文公当日下笔时，特为此句而设。"

斑骓只系垂杨岸，云雨荒台岂梦思。（打《四书》句一）
谜底：绵驹处于高唐。

谜面前句取自唐代著名诗人李商隐的七言律诗《无题》，全诗是："凤尾香罗薄几重，碧文圆顶夜深缝。扇裁月魄羞难掩，车走雷声语未通。曾是寂寥金烬暗，断无消息石榴红。斑骓只系垂杨岸，何处西南待好风。重帷深下莫愁堂，卧后清宵细细长。神女生涯原是梦，小姑居处本无郎。风波不信菱枝弱，月露谁教桂叶香？直道相思了无益，未妨惆怅是清狂。"后句取自唐代诗人杜甫的《咏怀古迹五首之二》，全诗是："摇落深知宋玉悲，风流儒雅亦吾师。怅望千秋一洒泪，萧条异代不同时。江山故宅空文藻，云雨荒台岂梦思。最是楚宫俱泯灭，舟人指点到今疑。"

河南荥阳李商隐公园李商隐弹琴雕像及七律《锦瑟》全诗

前句"斑骓"指的是"苍黑色斑驳的马";后句是杜甫凭吊屈原弟子宋玉的诗。宋玉的代表作《高唐赋》,描写的是楚王与巫山神女梦中相会的爱情故事,其中首句为"昔者楚襄王与宋玉游于云梦之台,望高唐之观"。

谜底取自《孟子·告子下》,"绵驹处于高唐,而齐右善歌"。绵驹是春秋时期的齐国歌唱家,居住在齐国西北的高唐。谜底"绵驹处"别解为"拴马的地方";"于高唐"别解为"宋玉与齐襄王同游的高唐观"。此谜系清末民初的文学家、书法家樊增祥(樊樊山)所作。

麻木人自叹(打《四书》句一)　　谜底:予之不仁也。

麻木人会自叹什么?当然是"不仁"。

谜底"予之不仁也"取自《论语·阳货》,其文为:"宰我出,子曰:'予之不仁也!子生三年,然后免于父母之怀。夫三年之丧,天下之通丧也。予也有三年之爱于其父母乎?'"宰我与孔子辩论三年之丧礼仪的长短,宰我认为三年时间太长,孔子则不那样看。宰我出去后,孔子说宰我不仁义啊。孩子生下三年之后,才能脱离父母的怀抱。为父母守孝三年，是天下通行的丧礼。难道宰我没从父母那里得到过三年的爱护抚育吗？

谜底"予"本指"宰我"，这里指"麻木人"。谜底扣合谜面。

薄暮偕归共品箫（打《四书》句一）　谜底：吾与回言终日。

谜底取自《论语·为政》，"子曰：吾与回言终日，不违如愚，退而省其私，亦足以发。回也不愚"。意思是：孔子给颜回讲了一整天的课，颜回从不提出异议和疑问，好像很愚笨的样子。孔子回家细想颜回的言行，发现他在日常生活中能够使用老师讲过的知识和经验。孔子感慨道，颜回不愚笨啊。

谜面"薄暮"别解为"终日"；"偕归"别解为"吾与回"；"箫"，《尔雅·释言》解释为"大箫谓之言，小者谓之筊"；"品"别解为"多人说话之口"，谜底与谜面扣合。

命乃在天，虽扁鹊何益？（打《四书》句一）　谜底：邦分崩。

谜面取自《史记·高祖本纪》，汉高祖刘邦攻打黥布时，被流箭射中，路上病情加重。吕后请来名医为高祖治病。高祖问名医："这病能治吗？"名医说："病能治。"于是高祖大骂："我从一个普通老百姓提着三尺宝剑取得天下，这难道不是天命吗？命乃在天，虽扁鹊何益？这命是上天给的，就是扁鹊来了又有何用？"于是，用五十斤黄金遣走名医，拒绝就诊。

谜底"邦分崩"取自《论语·季氏》，"今由与求也，相夫子，远人不服而不能来也，邦分崩离析而不能守也"。意思是说，冉有和子路二人辅佐季孙氏，不能招来远方人归附，反而要在本国内部使用武力，使国家四分五裂。

谜底"邦"别解为"汉高祖刘邦"；"分"别解为"料想，分析"；"崩"指"帝王之死"。刘邦分析自己的生命是老天给的，谜底"邦分崩"扣合谜面。

四、五经名句谜

《五经》，即《周易》《尚书》《诗经》《礼记》《春秋》。灯谜爱好者以《五经》为题材，创造了很多立意新颖、匠心独特的佳作。

合嫁多髭郎（打《易经》句一）　　谜底：归妹以须。

山东淄博蒲松龄纪念馆聊斋，对联为郭沫若1962年11月撰并书，全联为"写鬼写妖高人一等；刺贪刺虐入骨三分"

谜面取自明末清初的神怪小说家蒲松龄的《聊斋志异·狐梦》，内容是毕怡庵风流倜傥，体格肥硕，面部多髭（嘴上边的胡须），梦中遇到一个美丽的狐女，俩人互生爱慕，结为连理。三日后，俩人回娘家，狐女的二姐笑着对狐女说："我曾经预言你以后一定会嫁给多髭郎，今天果然应验了吧。"

　　谜底取自《周易》：归妹以须，反归以娣。意思是：姊妹一同出嫁，后来又一同被休弃返回娘家。谜底的"须"别解为"胡须"，谜底扣合谜面。

送之至湖口（打《诗经》句一）　谜底：视我迈迈。

　　宋代大文学家苏轼送长子苏迈去汝州赴任的途中，写过一份游记《石钟山记》。其中有："余自齐安舟行适临汝，而长子迈将赴饶之德兴尉。送之至湖口，因而得观所谓石钟者。"

　　谜底取自《诗经·小雅·白华》："念子懆懆，视我迈迈。"意思是"想起你来心难安，你看见我却忿忿。"谜底"迈迈"本义是"忿忿不平"，这里别解为"苏轼长子"。

号洪武，都金陵，十六世，至崇祯。（打《易经》句一）
谜底：大明终始。

　　谜面取自《三字经》："太祖兴，国大明，号洪武，都金陵，迨成祖，迁燕京，十六世，至崇祯。"本灯谜作者樊增祥在制谜时，截取《三字经》中的词句，成为谜面。

　　谜底取自《易经》："大哉乾元！万物资始，乃统天。云行雨施，品物流行。大明终始，六位时成。天行健，君子以自强不息。"意思是："上天伟大！万物生长都要靠它。上天积云降雨，万物才能诞生。日月终而复始地运行，象征六气的生成。上天的运行刚健，君子应当像天一样自强不息。"谜底"大明"别解为"大明朝"，

"终"是崇祯，"始"是洪武。

不自著罗衣（打《诗经》句一）　谜底：好人服之。

谜面取自唐代诗人王维的五言古诗《西施咏》："艳色天下重，西施宁久微。朝为越溪女，暮作吴宫妃。贱日岂殊众，贵来方悟稀。邀人傅脂粉，不自著罗衣。君宠益娇态，君怜无是非。当时浣纱伴，莫得同车归。"说的是西施受宠，连穿衣服都不用自己动手。

谜底取自《诗经·魏风·葛屦》："纠纠葛屦，可以履霜。掺掺女手，可以缝裳。要之襋之，好人服之。好人提提，宛然左辟。佩其象揥，维是褊心。是以为刺。"意思是："葛布鞋用丝绳绑缚，可以抵抗冬天的寒霜。巧手的姑娘，可以缝制美丽的衣服。一只手提着腰，一只手拿着领口，请美人试装。美人扭着腰肢纤细，生气转身回屋。佩戴她的象牙发簪，不搭理我。我要编首新歌好好刺刺她。"谜底"好"别解为"喜欢"，意思是"喜欢让人服侍穿衣"，底面扣合。

寇莱公贬雷州（打《礼记》句一）　谜底：放诸南海而准。

北宋名臣寇准，天禧初复任宰相，获封莱国公。乾兴元年，被贬雷州任参军，后死于雷州。北宋时的雷州即今天的广东海康。

谜底取自《礼记·祭义》："推而放诸东海而准，推而放诸西海而准，推而放诸南海而准，推而放诸北海而准。"秦时，设置南海郡，即今天的广东省。谜底"放"别解为"放逐"；"准"别解为"寇准"，"南海"指整个广东省，当然包括雷州。

此桃符座也（打《书经》句一）　谜底：有攸不为臣。

谜面取自《晋书·宣五王文六王传》。晋文帝司马昭之子司马攸，小字桃符，为文帝所爱。文帝每次见到司马攸，都将其找到床边，还说："此桃符座也。"暗示要司马攸将来继承帝位。

陕西省渭南市临渭区官底乡寇准墓。墓碑背刻"宋寇莱公墓"五字，正面刻有寇准像及清乾隆年间陕西巡抚毕沅手书碑文

谜底取自《孟子·滕文公下》中引用《尚书·逸篇》的一句话"有攸不为臣，东征，绥厥士女，匪厥玄黄。"谜底"有攸"本意为"有所"，别解为"司马攸"。

猪八戒为净坛使者（打《诗经》句一） 谜底：神嗜饮食。

《西游记》中，唐僧师徒四人和白龙马取得真经，回到灵山，听如来佛封官授职。如来佛封猪八戒为净坛使者。八戒不愿意，说他们都是佛，为什么我只是个使者。如来佛说，你能吃肚子大，天下人信仰我教的人非常多，做法事后，你负责吃掉坛上的祭品不好吗？八戒这才高兴地接受封号。

谜底取自《诗经·小雅·楚茨》："苾芬孝祀，神嗜饮食。"意思是："上供的食物美味飘香，神仙喜欢吃还喜欢喝。"谜底"神"别解为"猪八戒"，底面扣合。

玉人何处教吹箫（打《礼记》句一）　谜底：声必扬。

　　谜面取自唐代诗人杜牧的七言绝句《寄扬州韩绰判官》："青山隐隐水迢迢，秋尽江南草未凋。二十四桥明月夜，玉人何处教吹箫？"这首诗是杜牧作为监察御史下扬州，常与韩绰出没于青楼寻妓。回长安后，杜牧回忆当时的生活，寄此诗给韩绰。

　　谜底取自《礼记·曲礼上》："将上堂，声必扬。"意思是："将要现身时，一定要高声提示给堂内的人准备的时间。"谜底"扬"别解为"扬州"，扣合谜面的问句：玉人何处教吹箫？声音一定是出自扬州。

第五章　名胜灯谜

一、中国名山谜

峨眉山（卷帘格，打成语一）　谜底：名山大川。

峨眉山位于四川省峨眉山市境内，传说因其位于涐水（今大渡河）旁而得名。最高峰为万佛顶，高3099米。山上有猴群，常结队向游客讨要食物。峨眉山是中国四大佛教名山之一，山上有华藏寺、洗象池、仙峰寺、洪椿寺、万年寺、清音阁、伏虎寺、报国寺等八大寺庙。乐山大佛亦属于峨眉山风景区范围。谜底"名山大川"按照卷帘格规则读成"川大山名"，四川的大山名，扣合谜面。

五四相会在西岳（打安徽名胜一）　谜底：九华山。

九华山位于安徽省池州市青阳县境内，是中国四大佛教名山之一，总面积334平方公里。九华山共有99座山峰，其中最高峰十王峰海拔1342米。诗仙李白赞美九华山曰："昔在九江上，遥望九华峰。天河挂绿水，秀出九芙蓉。"谜面"五四"为"九"，"西岳"为"华山"，谜底"九、华山"相会，扣合谜面。

安徽九华山乾隆御题"东南第一山"金匾

改变坐姿锁紧眉（打四川名胜一）　谜底：巫山。

巫山号称"渝东门户"，位于重庆市东北部，地处三峡库区腹地，总面积2958平方公里。巫山是巫山山脉的简称，其主峰乌云顶海拔2400米。巫山有小三峡，即龙门峡、巴雾峡、滴翠峡。历代文人咏诵巫山的名句很多，有"除却巫山不是云""截断巫山云雨"等。谜面"改变坐姿"别解为"巫"字；"锁紧眉"别解为"山"。

上岗不准喝酒（打浙江名胜一）　谜底：莫干山。

莫干山，被誉为"江南第一山"，位于浙江省德清县境内，面积43平方公里。山名取自春秋时期一对铸剑的夫妇，妻子为莫邪，丈夫是干将。谜面"上岗"别解为"山"；"不准喝酒"别解为"莫干"，谜底"莫干山"扣合谜面。

秋景半露浸南岳（打北京名胜一）　　谜底：香山。

香山位于北京西郊，现为森林公园，占地面积160公顷，海拔最高峰575米。乾隆皇帝曾赐名香山为"静宜园"。香山景点众多，有重阳阁、知松园、璎珞岩、眼镜湖、勤政殿、香山寺、双清别墅、琉璃塔、西山晴雪碑、碧云寺。孙中山灵柩曾暂厝于碧云寺，后在普明妙觉殿设立孙中山纪念堂。谜面"秋景半露"别解为"禾、日"，进一步别解为"香"；"南岳"即"岳字之南"别解为"山"。谜底"香山"扣合谜面。

孟子舍舟上岸（打天津名胜一）　　谜底：盘山。

盘山，位于天津蓟县西北，南距天津市区110公里，主峰月桂峰海拔864.4米。据清康熙《盘山志》记载："盘山有十峰、八岭、三盘、五台、八峪、九岩、十一洞、二十六名石、一淀、八泉、三井、五桥、四沟、二潭、五地、一塘、四亭、二轩、七十二寺及数百个塔。"乾隆曾有诗赞曰："早知有盘山，何必下江南？"谜面"孟子舍"别解为"皿"；"孟子舍舟上"别解为"盘"；"上岸"，岸的上面是"山"。谜底"盘山"扣合谜面。

分出高下再编组（打河南名胜一）　　谜底：嵩山。

嵩山，位于河南省西部，属于五岳之中岳。它由太室山和少室山组成，最高峰为连天峰，海拔1512米。太室山有嵩阳书院，是中国古代四大书院之一；少室山有名震全国的少林寺。嵩山占地面积450平方公里，东西绵延60公里，是中国名胜景区，也是世界地质公园、世界文化遗产。谜面"分出高下"别解为将"出"分为上下两个"山"，"高下"别解为"山在高的下面"。谜底"嵩山"扣合谜面。

兵马抗御（打湖北山名一）　谜底：武当。

武当山，位于湖北省十堰市丹江口境内，是中国道教第一山。武当山占地面积312平方公里，主峰天柱峰海拔1612米。武当山有七十二峰、三十六岩、二十四涧、十一洞、三潭、九泉、十池、九井、十石、九台等景，是中国名胜风景区，并入选世界文化遗产。谜面直接会意，即可别解为"武当"。

为人民利益而死（骊珠格）　谜底：名胜·泰山。

毛泽东在《为人民服务》中有这样的名句："为人民利益而死，就比泰山还重；替法西斯卖力，替剥削人民和压迫人民的人去死，就比鸿毛还轻。"骊珠格的规则是不设谜目，猜射谜底时要将谜目一同猜出。谜底"名胜·泰山"扣合谜面。

画中新月挂峰前（打辽宁山名一）　谜底：千山。

千山，又名千朵莲花山，位于辽宁省鞍山市东南17公里处，占地面积44平方公里。山峰共999座，故曰"千山"。主峰仙人台，海拔708.3米，为千山最高峰。唐太宗李世民、清圣祖康熙、清高宗乾隆都曾驻足千山。谜面"画中"别解为"十"；"新月"即"千"上的一撇；"峰前"为"山"，谜底"千山"扣合谜面。

共种岩上田（打安徽山名一）　谜底：黄山。

黄山，位于安徽省黄山市境内，有"天下第一奇山"之誉。黄山占地面积154平方公里，主峰莲花峰海拔1864.8米。奇松、怪石、云海、温泉是黄山四绝。著名的迎客松是游客拍照留影的主要背景，观看日出要去清凉亭、光明顶；欣赏晚霞可去排云亭、丹霞峰。黄山

辽宁省鞍山市千山风景区仙人台

之名，高于五岳，有"五岳归来不看山，黄山归来不看岳"之语流传于世。谜面"共、田"别解为"黄"；"岩上"别解为"山"，谜底"黄山"扣合谜面。

部队平安到顶峰（打福建山名一）　　谜底：武夷山。

武夷山，位于福建省西北部，面积999.75平方公里，处于福建、江西两省交界地区。武夷山风景区位于福建武夷山市，面积70平方公里，属于丹霞地貌，有黄岗山、九曲溪、一线天、水帘洞等景点，大红袍是产于武夷山的名茶。谜面直接会意即可解析出谜底。

效力两峰间（打山东山名一）　　谜底：崂山。

崂山，位于山东半岛，海拔1132.7米，是中国海岸线第一高峰，古语云："泰山虽云高，不如东海崂。"崂山是道教名山，山上有太清宫，始建于汉武帝年间（140年）。崂山最高峰是巨峰，又名崂顶，顶上有一块岩石，名为"盖顶"。崂山还有龙潭瀑、明霞洞、太清宫、八仙墩、那罗延窟、白云洞、狮子峰华楼峰、北九水、潮音瀑、蔚竹庵等著名景观。谜面直接会意即可解析出谜底。

十二点上岗（打台湾山名一）　　谜底：玉山。

玉山，位于中国台湾省中部，长约300公里，主峰玉山海拔3997米，为台湾最高峰。玉山为台湾五岳（玉山、雪山、秀姑峦山、南湖大山、北大武山）之一。玉山顶部由于海拔高，经常下雪，那里生产的乌龙茶即为"冻顶乌龙"。谜面"十二点"别解为"玉"，谜底"玉山"扣合谜面。

峰峦按序排（打江西山名一）　　谜底：井冈山。

井冈山，位于江西省西南部，是中国的红色革命根据地。风景区面积213.5平方公里，有峰峦、山石、瀑布、溶洞等自然景观。每年四五月间十里杜鹃开放时，是游览井冈山的最佳时机，著名景点有五指峰、蛤蟆叫天、大井、小井、茨坪、碑林、黄洋界等。谜面直接会意即可解析出谜底。

二、中国名水谜

惊涛拍岸（打河流名一）　　谜底：怒江。

怒江，位于中国西南，经西藏、云南、缅甸，注入印度洋的安达曼海，全长3240公里。怒江也称潞江、那曲河（怒江上游）、黑水河。怒江在云南贡山县丙中洛乡有著名的"怒江第一湾"，海拔1710

位于云南省贡山县丙中洛乡日丹村附近的怒江第一湾，湾中心的村子名叫"坎桶村"

米，高出怒江500米。怒江沿岸有傈僳族、白族、怒族、普米族、独龙族等少数民族聚居区。怒江有丰富的旅游资源，怒江大峡谷、高黎贡山、怒江第一湾、碧罗雪山、石月亮、听命湖都是让人流连忘返的景点。谜面直接会意即可解析出谜底。

黑水（打河流名一）　谜底：乌江。

乌江又称黔江，发源于贵州省威宁县香炉山花鱼洞，经重庆涪陵汇入长江，是贵州省第一大河。乌江全长1037公里，流域面积8792平方公里。六冲河、猫跳河、湘江、清水江、洪渡河、芙蓉江、濯江、郁江、大溪河等是乌江较大支流。乌江水力资源丰富，乌江渡水电站是中国最高的拱形重力坝。有关乌江的历史故事非常多，西楚霸王项羽就是在乌江兵败自刎的。谜面直接会意即可解析出谜底。

工（虾须格，打河流名一）　　谜底：漓江。

漓江发源于广西猫儿山，上游为六峒河，在灵川、桂林、阳朔、平乐称为漓江。从桂林到阳朔，全长83公里，是世界上规模最大、景色最优美的岩溶景区，也是国家5A级风景名胜区。主要景色有：杨堤烟雨、浪石仙境、九马画山、黄布倒影、兴坪佳境。虾须格规定谜底须两字以上，且第一个字左右分开读。谜底"漓江"，分开读为"水离江"，扣合谜面"工"字。

上接银汉（打河流名一）　　谜底：通天河。

通天河，古称牦牛河，为长江源头。它横贯青海玉树全境，全长828公里，海拔3000米以上。自囊极巴陇至楚玛尔河口为通天河上段，全长278公里；自楚玛尔河口至巴塘河口为下段，全长550公里。巴塘有建于唐代的文成公主庙、晒经台等古迹。通天河也是《西游记》中唐僧师徒取经遇到的八十一难之一。谜面"银汉"即银河，谜底"通天河"扣合谜面。

水流千转（打河流名一）　　谜底：无定河。

无定河位于陕西北部，是黄河支流，因含泥沙多，常常改道，遂得此名。该河全长490公里，流域面积3万平方公里。早在3.5万年前，河套人就居住生活在无定河畔，孕育了河套文化。谜面直接会意即可解析出谜底。

荆州好（卷帘格，打河流名一）　　谜底：嘉陵江。

嘉陵江，古称阆水，全长1119公里，流域面积16万平方公里，是长江水系中流域面积最大的支流。嘉陵江始于陕西省宝鸡市凤县，流经汉中、广元、南充、重庆，注入长江。荆州古称"江陵"，位于湖北省中南部的江汉平原，东连武汉，西接宜昌，有"鱼米之乡"的美誉。卷帘格要求谜底三个字以上，且须倒读为"江陵嘉"，嘉即好，谜底扣合谜面。

川中曙色开（卷帘格，打河流名一）　　谜底：乌苏里江。

乌苏里江是黑龙江支流，中国和俄罗斯的界河，全长909公里，流域面积18.7万平方公里。乌苏里江发源于吉林东海滨锡赫特山脉，原是中国内河。1860年签订《中俄北京条约》，将乌苏里江以北的土地割让给俄国，该江从那时起成为两国界河。著名的珍宝岛就位于乌苏里江上。谜面"川中"解为"江里"；"曙色开"即为"告别黑夜，迎来黎明的曙光"。谜底倒读为"江里苏乌"，扣合谜面。

洛阳名花两岸开（打河流名一）　　谜底：牡丹江。

牡丹江发源于吉林省长白山脉敦化市的牡丹岭，为松花江第二大支流，全长726公里，流域面积3.1万平方公里。著名抗日英雄故事"八女投江"就发生在牡丹江的支流乌斯浑河关门嘴子。洛阳是中国四大古都之一，有牡丹花都的美誉。谜面"洛阳名花"别解为"牡丹"。

兄当翌日到鄱阳（打湖名一）　　谜底：昆明湖。

昆明湖位于北京颐和园内，是一个半天然、半人工的湖泊，总面积3000亩，分为大湖、西湖和后湖三部分。主要景点有西堤、西堤六桥、东堤、南湖岛、十七孔桥。谜面"兄"别解为"昆"；"翌日"即第二天，别解为"明日"；"鄱阳"即"湖"。

入夜忧思满洞庭（打湖名一）　　谜底：莫愁湖。

莫愁湖位于江苏省南京市内，水面面积32.36公顷。莫愁湖公园面积58.36公顷，是一座有着1500年历史的江南古典名园。莫愁湖古称横塘，又称石头湖，被誉为"江南第一名湖"。莫愁湖湖面盛产莲藕，莲花十顷吸引万千游客。胜棋楼是明太祖朱元璋与徐达下棋之所。其他景点还有华严庵、郁金堂、苏合厢、通水院、待渡亭等。谜面直接会意即可解析出谜底。

大约一点到洞庭（打湖名一）　　谜底：太湖。

太湖，位于江苏省境内，横跨苏州、无锡、常州、宜兴等市，湖面面积2250平方公里，是中国第二大淡水湖。太湖景色优美，有48岛、72峰，有"太湖天下秀"之誉。太湖特产有三白，即银鱼、白鱼、白虾。太湖的武进盛产珍珠，被称为"珍珠之乡"。谜面"大约一点"别解为"太"字。

洒家无家安适之（打湖名一）　　谜底：西湖。

中国很多地方都有西湖，杭州西湖、颍州西湖、福州西湖、惠州西湖、扬州瘦西湖、沈阳西湖等，其中最出名的当属杭州西湖。杭州西湖位于杭州市中心，面积6.5平方公里，南北长3.2公里，东西宽2.8公里，绕湖一周为15公里。湖面被狐山、白堤、苏堤、杨公堤分隔为外西湖、西里湖、北里湖、小南湖、岳湖五部分。杭州西湖是中国国家重点风景名胜区，有三潭印月、苏堤春晓、曲院风荷、平湖秋月、断桥残雪、柳浪闻莺、花巷观鱼、雷峰夕照、双峰插云、南屏晚钟等"西湖十景"。谜面"适之"是中国文学大师胡适先生的字，这里指"胡"。"洒家无家"即"洒"，"洒"和"胡"别解成谜底"西湖"。

浙江杭州西湖李卫祠"三潭印月"匾额

天下皆知日月潭（打湖名一）　　谜底：大明湖。

大明湖位于山东济南市中心，湖面面积690亩，是久雨不涨、久旱不涸的天然湖泊，湖水来自济南城内的珍珠泉、濯缨泉、芙蓉泉、王府池子等泉源，有"中国第一泉水湖"的美誉。湖沿岸有历下亭、北极阁、汇波楼、铁公祠、小沧浪、遐园等景点。谜面"天下"别解为"大"；"日月"为"明"，谜底"大明湖"扣合谜面。

奇峰碧波盆景中（打湖名一）　　谜底：微山湖。

微山湖位于山东省微山县，湖面面积1266平方公里，是中国第五大淡水湖，也是中国北方最大的淡水湖。微山湖有微子墓、目夷墓、张良墓等三贤墓，还有伏羲陵、孔子弟子仲子路庙、古木兰寺以及铁道游击队纪念碑等景点。微山湖湖面广种荷花，有"中国荷都"之称。谜面直接会意即可解析出谜底。

三、中国名寺谜

寒山已失翠（打河南名胜一）　谜底：少林寺。

少林寺前文已经介绍，这里不复赘言。"寒山"这里借寒山寺的大名代指"寺"；"失翠"即减少了绿色森林，别解为"少林"，谜底"少林寺"扣合谜面。

争取两点宿古刹（打河南名胜一）　谜底：净居寺。

净居寺位于河南省光山县西南20公里处，北依大苏山，南临小苏山。公元554年，高僧慧思始建此寺。寺分三进两院：一进天王殿、二进观音殿、三进大雄宝殿和东、西两院。880年，净居寺毁于兵火。1022年，宋真宗重建此寺，题名"敕赐梵天寺"。1021年，梵天寺再次毁于兵火。1338年，净居寺重修。1436年，明正统初年三次重修此寺。崇祯末年，该寺又毁。1662年，康熙元年，重修梵天寺。谜面"争取两点"别解为"争字加两点，即净"。谜底"净居寺"扣合谜面。

回首寒山千里雪（打河南名胜一）　谜底：白马寺。

中国河南洛阳、安徽桐城、青海互助、江西抚州、山西晋城、青海贵德等地都建有白马寺，其中最著名的当属河南洛阳白马寺。该寺始建于公元68年，占地面积1300亩，寺庙红墙内面积48.6亩。白马寺是佛教传入中国后，东汉政府建设的第一座寺院，号称中国第一古刹。寺内主要建筑有天王殿、大佛殿、大雄宝殿、接引殿、毗卢殿、释迦舍利塔等。谜面"寒山"别解为"寺"；"千里"别解为

"马"；"雪"别解为"白"。"回首"就是倒过来读，谜底"白马寺"扣合谜面。

回首少林（打湖北名胜一） 谜底：归元寺。

归元寺位于湖北武汉市翠微路上，与宝通禅寺、溪莲寺、正觉寺并称为武汉佛教四大丛林。归元寺始建于1658年，占地4.67公顷，有房屋200余间。归元寺有韦驮殿、大雄宝殿、钟楼、鼓楼、禅堂、翠微泉等景点。归元寺的寺名取"归元性不二，方便有多门"之意，意思是佛法相同，但修行方法有多种。谜面"回"别解为"归"，"首"别解为"元"，"少林"自然就是"少林寺"。

论道于禅院（打河南名胜一） 谜底：白云寺。

中国很多地方都建有白云寺，河南、广东、福建、安徽、山西等省都有，其中最传奇的当属位于河南商丘市民权县西南20公里处的白云寺。据说清康熙皇帝曾经两次南下白云寺寻找父亲顺治，这个故事增加了该寺的神秘感，使其在众多寺院中脱颖而出。商丘白云寺始建于唐代，因夏秋两季白云缠绕该寺而得名。庙内有观音殿、大雄宝殿、玉佛殿、韦驮殿等建筑，占地546亩，与少林寺、白马寺、相国寺并称为中州四大名寺。谜面"论道"别解为"白云"，谜底"白云寺"扣合谜面。

醒来彻悟投僧院（打北京名胜一） 谜底：大觉寺。

中国有很多大觉寺，北京有西山大觉寺，河南有延津大觉寺，江西有资溪县大觉寺和广昌县大觉寺，福建有福州大觉寺和晋江大觉寺。北京西山大觉寺始建于1068年，主要有山门、碑亭、放生池、钟楼、鼓楼、天王殿、大雄宝殿、无量寿佛殿、大悲坛、四宜堂、憩云轩、方丈院、玉兰院、迦陵和尚塔、龙王堂等建筑，占地面积6000平方米。谜面

"醒来彻悟"别解为"大觉"，谜底"大觉寺"扣合谜面。

聪明绝顶不言诗（打北京名胜一）　谜底：大慧寺。

大慧寺，位于北京市海淀区，因寺内有一座高15米的铜铸千手千眼观音像，又称大佛寺。该寺始建于1513年，原占地面积421亩，现仅存大悲宝殿。殿内明代铸造15米的观音铜像已经被日军在卢沟桥事变后拉走化为铜水，现在的铜像是日军后造的。谜面"聪明绝顶"别解为"大慧"；"不言诗"别解为"去掉言字的诗，即寺"。

天下多情唯古刹（打北京名胜一）　谜底：大钟寺。

大钟寺，原名觉生寺，因寺内藏有永乐大钟而得"大钟寺"之

北京大钟寺世界最大钟——明永乐大钟，该钟体内外镌刻22.7万字经文

名。该寺始建于1733年，山门石匾上"敕建觉生寺"五个字是雍正皇帝的御笔。大钟寺位于北京联想东桥旁，寺内的永乐大钟重达43.5吨，已有560年的历史，钟身铭文多达22.7万字，大钟存于寺内大钟楼。除钟楼外，大钟寺还有天王殿、大雄宝殿、观音殿、藏经楼等建筑。谜面"天下"为"大"；"多情"别解为"种"，谜底"大钟寺"扣合谜面。

一人偏喜游僧院（打天津名胜一）　　谜底：独乐寺。

独乐寺，位于天津蓟县城内西大街，始建于公元636年。因寺内有一尊高达16米多的观音像，故也称大佛寺。该寺因安禄山叛唐想做皇帝"思独乐而不与同乐"而得名。独乐寺占地面积1.6万平方米，有观音阁、韦驮亭、报恩院。寺内还有一座乾隆行宫，也是天津仅存的行宫。谜面"一人偏"为"独"；"喜"为"乐"，谜底"独乐寺"扣合谜面。

大家平安到少林（打河北名胜一）　　谜底：普宁寺。

普宁寺，位于河北省承德市，是中国北方最大的藏传佛教场所。该寺建于1775年，占地面积3.3万平方米，前面有伽蓝七堂，后面是仿西藏三摩耶庙修建的曼陀罗。高27.21米的金漆木雕千手千眼观世音菩萨，是吉尼斯世界纪录认可的世界上最大的木雕佛像。谜面"大家平安"别解为"普宁"；"少林"即"寺"，谜底"普宁寺"扣合谜面。

中国第一名刹（打山西名胜一）　　谜底：龙门寺。

龙门寺，位于山西省平顺县西北65公里处。该寺始建于北齐年间，初名"法华寺"。因该寺建于龙门山腰，宋太祖赵匡胤赐名"龙门山惠日院"。后在北宋乾德年间更名为"龙门寺"。龙门寺有金刚殿、天王殿、大雄宝殿、燃灯佛殿、千佛殿、观音殿、地藏殿等建筑，其中金刚殿、千佛阁早已毁坏。龙门寺有个建筑奇迹，即西配殿的悬山式木构建筑。谜面"中国"别解为"龙"；"第一"别解为"寺庙的第一个建筑——山门"；"名刹"为"寺"。

心挂清虚古刹中（打山西名胜一）　谜底：悬空寺。

中国山西大同、河北苍山、云南西山、青海西宁、河南淇县、浙江建德等地都建有悬空寺。这里说的即是山西大同北岳恒山悬空寺。该寺始建于北魏后期，距今已有1500多年。该寺距离地面约60米，被美国《时代》杂志誉为"全球十大最奇险建筑"之一。悬空寺是中国现存唯一一座佛道儒三教合一的宗教场所，有佛殿40余间。谜面直接会意即可解析出谜底。

打坐入定禅房中（打上海名胜一）　谜底：静安寺。

静安寺，原名重元寺、重云寺，位于上海市静安区南京西路1686

山西恒山悬空寺

号。该寺始建于三国年间，寺内有著名的"静安八景"，即赤乌碑、陈朝桧、讲经台、虾子潭、涌泉、绿云洞、沪渎垒和芦子渡。静安寺内有玉佛和15吨纯银铸造的如来佛祖。谜面直接会意即可解析出谜底。

中国弥勒常独乐（打上海名胜一）　　谜底：玉佛寺。

玉佛寺，位于上海安远路，是上海十大旅游景点之一。该寺建于清光绪中叶，因供奉慧根法师从缅甸请回的5尊玉佛而得名。玉佛寺分前后两院，由大照壁、天王殿、大雄宝殿、般若丈室、观音殿、五观堂、铜佛殿、卧佛殿等建筑组成。玉佛寺内现有上海佛学院和上海佛教协会。谜面"中国"别解为"玉"；"弥勒"为"佛"；"独乐"解为"独乐寺"，谜底"玉佛寺"完全扣合谜面。

晓啼古刹（打江苏名胜一）　　谜底：鸡鸣寺。

中国江苏南京、广东海丰、辽宁辽阳、重庆城口县、湖北汉川等地都有鸡鸣寺。南京鸡鸣寺位于鸡鸣山上，东为九华山，北临玄武湖，占地面积5万平方米。鸡鸣山始建于西晋年间，清康熙皇帝曾为该寺题写"古鸡鸣寺"匾额，现有头山门、观音殿、大雄宝殿、豁蒙楼、景阳楼、韦驮殿、弥勒殿等建筑。谜面直接会意即可解析出谜底。

雪岭古刹（打江苏名胜一）　　谜底：寒山寺。

寒山寺，位于江苏苏州西古运河畔枫桥古镇，始建于公元502年。初名"妙利普明塔院"，唐代贞观年间改名"寒山寺"。主要建筑有藏经楼、枫江楼、霜钟阁，还有著名的唐张继七绝《枫桥夜泊》碑文。谜面"雪岭"别解为"寒山"，谜底"寒山寺"扣合谜面。

峰连古刹秋色浓（打江苏名胜一）　　谜底：金山寺。

中国江苏镇江、河南鹤壁、山东庆云县、广东汕头、海南澄迈等地都建有金山寺。江苏镇江金山寺始建于东晋年间，有文宗阁、百花洲、镜天园、妙高台等建筑。围绕金山寺的传说和历史故事也非常多，本书第三章第二节讲的苏轼和佛印的故事就发生在这里。谜面直接会意即可解析出谜底。

江郎才尽不言诗（打浙江名胜一）　　谜底：灵隐寺。

灵隐寺，位于浙江省杭州市西北，是著名佛教寺院。相传1600年前（东晋），印度僧人慧理在此建寺，取名"灵隐"。灵隐寺有天王殿、大雄宝殿和药师殿三大殿。该寺还有飞来峰、玉乳洞、理公塔、冷泉、墓塔林、辟支塔等景点。谜面"江郎才尽"别解为"灵感隐去"。谜底"灵隐寺"扣合谜面。

浙江杭州灵隐寺藏经楼

守卫边关寸土必争（打浙江名胜一）　谜底：保国寺。

　　保国寺，位于浙江省宁波市灵山山麓，面积1.3万平方米。该寺原名灵山寺，始建于东汉年间。保国寺为木结构建筑，其大雄宝殿面积近160平方米，是江南现存最古老的木结构建筑，也是国家重点文物保护单位。谜面直接会意即可解析出谜底。

四、中国地名谜

背景分明（打中国地名一）　谜底：北京。

　　谜面的意思是将"背景"去掉"明"后"分"开，即"背"字去掉"月"；"景"字去掉"日"，谜底即为"北京"。

带头改革有始终（打北京地名一）　谜底：丰台。

　　谜面"带头"别解为"丰"；"有始终"就是要"始"字的后部分"台"，谜底"丰台"扣合谜面。

有人提倡首先干（打北京地名一）　谜底：昌平。

　　谜面"有人提倡"别解为"昌"；"首先干"为"平"。

银河渡口（打中国地名一）　谜底：天津。

　　谜面"银河"别解为"天"。"津"，《说文解字》解释为"水渡"，指的是停泊在水边的船，即渡口。

草鱼剖后挂起来（打天津地名一）　谜底：蓟县。

谜面"草鱼剖后"别解为"蓟"，因为"蓟"字是由草、鱼、刀三部分组成的。"挂起来"即为"悬"，古文中"悬"同"县"。

唐土古来属西汉（打天津地名一）　谜底：塘沽。

谜面"唐土"合为"塘"。"汉"字的西为左侧"氵"，与"古"相属，即为"沽"。

大江东去（打中国地名一）　谜底：上海。

大江东去，即汇入大海，别解为"上海"。

焱（打上海地名一）　谜底：南汇。

五行与方位的关系是这样的：东属木；北属水；南属火；西属金。3个火在一起，别解为"南"汇集在一起，谜底"南汇"扣合谜面。

缓缓江心渐西移（打上海地名一）　谜底：徐汇。

"徐"即慢、缓。"江心"是指"丨"，它向西（左）移，就是"汇"字。

双喜临门（打中国地名一）　谜底：重庆。

谜面直接会意即可解析出谜底。

天仙配（打重庆地名一）　谜底：巫山。

谜面"天仙"由"工""人""亻""山"四部分组成，重新配置后，即为谜底"巫山"。

贵州普降及时雨（打重庆地名一）　谜底：黔江。

谜面"贵州"简称为"黔"；"及时雨"别解为"宋江"，谜底"黔江"扣合谜面。

床（打中国省名一）　谜底：广东。

五行中东方属木。谜面"床"由"广"和"木"组成，谜底"广东"扣合谜面。

夜间鸿鸟飞（打广东省地名一）　谜底：江门。

谜面"鸿鸟飞"指"鸿"去掉"鸟"别解为"江"；"夜间"一定没有日头，故别解为"门"，谜底"江门"扣合谜面。

桂林风景甲天下（虾须格，打广东省地名一）　谜底：汕头。

虾须格要求谜底为两个字，且将第一个字左右分开读。谜面"桂林风景"别解为"山水"；"甲天下"就是"头名"，谜底"汕头"依格读作"山水头"，扣合谜面。

二（打中国省名一）　谜底：云南省。

谜底"云"的南部省去不要，即为"二"。

山中残阳竹半隐（打云南省地名一）　谜底：个旧。

谜面"山中"为"丨"；"残阳"为"日"；"竹半隐"为"个"，谜底"个旧"扣合谜面。

两位客人上了报（打云南省地名一）　谜底：西双版纳。

古时客位在西，谜面"两位客人"别解为"西双"；"上了报"别解为"上了报纸版面、版纳"，谜底"西双版纳"扣合谜面。

好春联（打中国省名一）　谜底：吉林。

五行与四季的关系中，春属木；夏属火；秋属金；冬属水。谜面"好"别解为"吉"；"春联"别解为"连着的木"即"林"。谜底"吉林"扣合谜面。

龙女山后把令施（打吉林省地名一）　谜底：公主岭。

谜面"龙女"别解为"公主"；"山后把令施"为"岭"字。

九十九市（打吉林省地名一）　谜底：白城。

谜面模仿著名文学大师俞樾的灯谜谜面"九十九"，谜底为"白"字。因为"百"少"一"为"白"。

金陵盛暑（打中国省名一）　谜底：宁夏。

南京，古称金陵，简称"宁"。谜底"宁夏"扣合谜面。

山西河津（打宁夏地名一）　谜底：银川。

八卦中，"艮"为"山"。五行中，"金"代"西"。谜面"山西"别解为"银"。

敬之君子（打宁夏地名一）　　谜底：贺兰。

谜面"敬之"是中国著名作家、歌剧《白毛女》的作者贺敬之先生；"君子"代指花之君子——"兰花"，谜底"贺兰"扣合谜面。

第六章　历史灯谜

一、石动桶煎饼

北齐高祖神武帝高欢（496—547），世居怀朔镇（今内蒙古固阳西南）。这是一片鲜卑人生活的土地，高欢成长于此，自然非常熟悉鲜卑族的语言、文化和生活习惯。他是一个鲜卑化的汉人，不仅可以用双语交流，而且还有一个鲜卑名字：贺六浑。其子高洋建立北齐王朝，尊他为太祖献武帝，后改尊为高祖神武帝。后人曾以神武帝的名字做过一个灯谜：

天堂里的笑声（打南北朝人物一）　谜底：高欢。

谜面是一部英国故事片的名字，"天堂"别解为"高"；"笑声"别解为"欢乐"，谜底"高欢"扣合谜面。

有一天，神武帝高欢宴请左右近臣，席间，他提出猜谜为乐。因为高欢熟悉北方少数民族语言，就用突厥语出了个灯谜"卒律葛答"。这四个字翻译成汉语就是"前火食并"的意思。听完谜面，众臣面面相觑，无法射覆。

这时，宫中艺人石动桶走了出来，说："皇上，臣有答案。"

高欢忙说："快说，快说。"

石动桶说："是煎饼。"

高欢哈哈大笑："动桶猜对了，正是煎饼。各位爱卿，你们也出个灯谜，让朕猜猜。"

众臣搜肠刮肚，均无佳作，不敢出题。这时，石动桶又走了出来，说："臣有一谜。"

高欢忙说："快说，快说。"

石动桶说："卒律葛答。"

高欢一听这不是我的谜吗？不是煎饼吗？这第二次猜不应该是煎饼吧？到底是不是煎饼啊？神武帝彻底蒙了，就问石动桶："这是啥啊？"

石动桶回道："煎饼。"

高欢说："怎么还是煎饼？"

石动桶说："臣趁烙饼的锅还热乎着，再为陛下烙一张。"

高欢听完哈哈大笑，赞叹石动桶的机智幽默。

石动桶的故事还有很多。相传有位博士在国学中授课，讲到孔子有七十二弟子时，石动桶问："孔子有七十二个弟子，其中成年人几个？未成年人几个？"

博士说："书中并未记载。"

石动桶说："这么简单的事，难道先生不知道吗？孔子弟子中有三十个成年人，四十二个未成年人。"

博士忙问："你是怎么知道的呢？"

石动桶说："《论语》上不是说了嘛，冠者五六人，五六不是三十吗？童子六七人，六七不是四十二吗？"

博士疯掉。

二、唐明皇赐名

唐玄宗李隆基是武则天的孙子，杨玉环的老公，因谥号为"至道大圣大明孝皇帝"，故史称"唐明皇"。

《唐明皇幸蜀图》，台北故宫博物院藏，作者佚名。图中最下方正中蹬靴骑马者即唐玄宗李隆基

　　唐明皇在位45年，是中国历史上著名的"开元盛世"时期。唐明皇酷爱音律，相传著名的《霓裳羽衣曲》就是他根据印度的《婆罗门曲》改编而成；他工书法，传世作品有《鹡鸰颂》《纪泰山铭》《石台孝经》等作品。他还爱解隐语，至今还流传一段"唐明皇赐名贺知章之子"的故事。

　　提起贺知章，人们可能说不出他的字号、籍贯。但如果说到"少小离家老大回，乡音无改鬓毛衰。儿童相见不相识，笑问客从何处来？"这首脍炙人口的七言绝句《回乡偶书》，恐怕就无人不知、无人不晓了吧！

　　贺知章（659—约744），字季真，号四明狂客，今浙江萧山人，人称"诗狂"。36岁，他考中进士，受封国子四门博士、太常博士。63岁，入丽正殿纂修《六典》《文纂》等书。66岁受封礼部侍郎、工部侍郎。79岁，授秘书监，人称"贺监"。

　　贺知章与草圣张旭、诗仙李白等并称为"饮中八仙"。诗圣杜甫写过一首七律《饮中八仙歌》赞美他们，其中咏诵贺知章的为头二句"知章骑马似乘船，眼花落井水底眠"，描写贺知章的老和他的醉，惟妙惟肖。

　　贺知章85岁时，向唐明皇告老还乡。这时的他，可以说是百病缠身，精力大不如前。唐明皇念其年事已高，无奈恩准，赐乐曲《鉴湖》一曲、御制诗一首给贺知章。临行前，唐明皇关心地问老贺是否还有其他要求。

　　贺知章赶紧跪下，向唐明皇谢恩道："谢皇上隆恩！臣有个儿子还没有取个正式的名字，希望陛下为其赐名，让老臣荣归故里。"

　　唐明皇想了一会儿，说道："做人的大道理不过一个信字。孚，就是信。就把这个孚字送予你的儿子吧。"

　　孚，《说文解字》解释为"卵孚也"，就是说鸟儿孵卵都是如期进行，从不失信。贺知章一听，赶紧磕头谢恩。

从皇宫出来，贺知章越想越觉得不对："孚字上面是个'爪'，下面是'子'，这不是说我的儿子是爪子吗？"

不知道贺知章是想多了还是多想了，可唐明皇的这个"孚"真让人浮想联翩啊。

三、狄仁杰熟狗

狄仁杰（630—700），字怀英，今山西太原人。武则天时期，狄仁杰为大理丞，负责管理司法、刑狱。他为政清廉、秉公执法，一年间处理疑案、积案达1.7万件，而且件件公平，使沉冤得雪、冤狱纠正，让受害人满意，旁观者叹服。他直言敢谏，甚至不惜触犯龙颜。

有一次，武卫大将军权善才误将唐太宗李世民的陵墓昭陵内的一棵柏树砍掉。狄仁杰听说，将此事上奏唐高宗李治，请将权将军免职。李治一听大怒："竟敢把我老爹陵内的树砍了，这和砍我大唐何异？来人啊，将权善才拉出去，砍了。"狄仁杰一听，出来劝皇帝息怒："权将军只是砍棵树，罪不该死，将其免职即可。

狄仁杰像

不然千年后的人知道您因为一棵树就杀了一个将军，他们会怎么看您呢？"唐高宗李治信服，权善才得以免死。

狄仁杰给后人的印象是刚正不阿，非常严肃，其实他也有幽默的一面。狄仁杰与同在大理寺做官的卢献相熟，俩人常常互开玩笑。

有一次，卢献骑马来上班，狄仁杰看到，笑个不停。卢献问其故，狄仁杰指着那匹马说："卢侍郎骑马，打一字，驴。"说完继续大笑。卢献一听，好，你狄仁杰笑话我，看我哪天找个机会还给你。

中午吃饭，上来一道明炉砂锅。卢献看到火，心里有了主意，就对狄仁杰说："狄字从中分开，就成两条狗。"

狄仁杰说："真是胡扯，另一半是火。"

卢献回道："那一半用火烤过，就是熟狗，不就是两条狗吗？"说完大笑不止。

四、王安石变法

王安石变法在当时被人诟病，有人在相国寺墙壁上题隐语诗："终岁荒芜湖浦焦，贫女戴笠落柘条。阿侬去家京洛遥，惊心寇盗来攻剽。"这首诗题在那里，很多人读过后都以为是妻子担心丈夫外出死于丧乱，故没人在意。想深入理解此诗，还得先了解王安石其人和他的变法。

王安石（1021—1086），字介甫，号半山，封荆国公。宋神宗年间，王安石官至宰相。他是北宋时期的杰出文学家、诗人。他与韩愈、柳宗元、欧阳修、苏洵、苏轼、苏辙、曾巩等被后世并称为"唐宋八大家"。因祖籍江西临川，世人又称其为"临川先生"。著有《临川先生文集》。王安石不仅是文学家，而且还是政治家、改革家。

针对北宋的"积贫积弱"，王安石身为宰相，提出他的政治主

《王安石画像》。画像上端文字《承奉敕赠王安石太傅》为苏轼撰写

张——变法。王安石变法有农田水利法、均输法、青苗法、免疫法、市易法、方田均税法、保甲法等。

其中青苗法，规定农户可以在夏秋两次收割前，向当地政府借贷或借粮，以补助所需。每户可借1—15贯钱不等。借款要在春秋两次收税期间归还，利息为2—4分。

政策虽好，可惜下面的官吏把经念歪了。他们强行向不需要借款农户摊派借款，逼百姓交高额利息，而需要借款的贫困农户却得不到借款。于是，全国怨声载道。王安石变法后来也告失败。

变法失败后，王安石罢相，回江宁做知府。一次同苏轼等人饮酒时，有人问及前面那首题在相国寺墙壁上的诗是什么意思。苏轼略一思索，说出解释，众人叹服。

原来，"终岁"指一年，即十二月，而十二月是"青"字；"荒芜"是指有杂草的田地，正是"苗"字；"女戴笠"为"安"；"阿侬"是吴地方言，吴言为"误"；"柘"去掉木条为"石"；"去家京洛"为"国"；"寇盗"为"贼民"，整诗即为"青苗法安石误国贼民也"。

后人曾做灯谜：御碑（打宋代人名一）谜底：王安石。

谜面"御碑"，即君王设立安置的石碑，谜底"王安石"扣合谜面。

五、赵明诚梦妻

说起赵明诚很多人不一定熟悉，但一说他的夫人李清照，您一定不会陌生。夫人那么有才学，赵明诚当然也非凡夫俗子。

赵明诚（1081—1129），字德父，今山东诸城人。他的父亲是宋徽宗年间的宰相赵挺之，按现在的话说，赵明诚是个官二代。这个官二代自幼喜爱金石之学，即爱好碑文篆刻。后来著有《金石录》传世。

年幼时，有一日上午，赵明诚看书时睡着了，做了一个"白日梦"。醒来时只记得三句话：言与司合，安上已脱，芝芙草拔。他不解，就跑去问父亲赵挺之。老赵一看，说："这是说你能找一个会作词的女人当老婆。言与司合在一起为'词'；安去掉上面为'女'；芝芙无草为'之夫'，合起来就是'词女之夫'。"

21岁时，赵明诚偶遇李清照，仰慕她的才情，俩人结合。赵明诚的"白日梦"竟然成真！李清照小夫君3岁，结婚时18岁。俩人的婚姻起初非常美满，即使赵家落魄，俩人从京城被迫到青州定居，都没有影响他们的感情。可是后来发生的一件事却伤了李清照的心。

赵明诚48岁时，被任命为江宁知府。谁知上任不久，江宁发生御营统治官王亦叛乱事件。赵明诚接到报告后没有进行任何防范，反倒吓得

山东章丘百脉泉公园李清照故居

自己顺着绳子临阵逃跑。王亦叛乱平定后，赵明诚被革职。经此一事，赵明诚在李清照心中的高大形象顿时烟消云散，她不耻丈夫所为。

不久，赵明诚接到新任命，俩人来到乌江。李清照看到滚滚乌江水，想起西楚霸王项羽自刎的场景，不禁随口吟出《夏日绝句》：生当作人杰，死亦为鬼雄。至今思项羽，不肯过江东。

赵明诚一听，顿觉羞愧难当。没几天，抑郁而死。

六、刘春霖解梦

清末状元刘春霖（1872—1944），字润琴，号石云，今河北肃宁人。1904年高中光绪甲辰科状元，是中国历史上最后一名状元。刘春霖在书法上造诣奇高，尤其是小楷有"大楷学颜，小楷学刘"之誉。

相传刘春霖未中举时，常去妓院寻欢，贪乐到天明。甲辰会试时，他来到北京，依然玩乐无忌。有一天黎明，刘春霖刚从妓院出来，就被一个短衣襟的汉子拦住了。刘春霖以为遇到打劫的，慌忙要往回跑。短衣襟汉子忙制止，说："先生可是来京赶考的举子？"

刘春霖一听这话，知道危险信号解除，就问："您贵姓？有何赐教？"

短衣襟汉子说："小人的名字无关紧要。有一事相求，请先生破解。小人昨晚喝多了，不想路遇多年不见的仇家，一怒之下，用刀将其杀死。当晚，小人去武圣庙求梦。梦见一个竹笠下盖着八只耗子，给我吓醒了，可是醒来后却不能明白这梦是什么意思。请先生为小人破解此梦。"

刘春霖听完，思考片刻，说："竹笠下藏有八个耗子。耗子就是老鼠，这不是'竄'字吗？这是让你赶紧逃跑，不要在这里出现了。"

短衣襟汉子听罢，信服，叩拜而去。

七、姚雪垠爱谜

著名作家姚雪垠（1910—1999），字汉英，长篇历史小说《李自成》的作者。他生前非常爱好灯谜，甚至在《李自成》中还特意插入了一段灯谜。据姚雪垠回忆：

"我在《李自成》第一卷中就写过金牛星在北京前门外猜中灯谜的细节，谜面是钱塘妓女冯小青的一句诗：'挑灯夜读《牡丹亭》'射古文（《滕王阁序》）一句，谜底是'光照临川之笔'。"

谜面"牡丹亭"的作者是明代戏曲家汤显祖，他著有《牡丹亭》《邯郸记》《南柯记》《紫钗记》四部戏剧，被称为"临川四梦"，因为汤显祖的祖籍是江西临川。知道这些，就可以理解谜底之意了。

姚雪垠说："这个灯谜见于清朝人的笔记中，我很欣赏，就将它用到我的小说中了。"1954年春节，中南地区文联举办灯谜会，他自撰了一个灯谜：

十（打现代诗人名一）　谜底：田间。

田间（1916—1985），原名童天鉴，安徽省无为县人，中国著名诗人。作品有《赶车传》《给战斗者》《斯大林颂》《鹿》等。田间与姚雪垠都是抗日文学的代表人物。

第七章 汉字灯谜

一、大写数字谜

黄梅时节（打字一） 谜底：零。

检查卫生在基层（打字一） 谜底：一。

望文释义（打字一） 谜底：一。

谜底在下头（打字一） 谜底：一。

本人退休（打字一） 谜底：一。

合当减人口（打字一） 谜底：一。

大人不在家（打字一） 谜底：一。

见人就变大（打字一） 谜底：一。

全体休息（打字一） 谜底：一。

灭火（打字一） 谜底：一。

无心（打字一） 谜底：一。

西北（打字一）　谜底：一。

开始（打字一）　谜底：一。

甘心（打字一）　谜底：一。

日环蚀（打字一）　谜底：一。

大伏天（打字一）　谜底：一。

上推下卸（打字一）　谜底：一。

大有人在（打字一）　谜底：一。

上下之间（打字一）　谜底：一。

后面在检查卫生（打字一）　谜底：一。

生旦丑末俱全（打字一）　谜底：一。

春雨连绵妻独宿（打字一）　谜底：一。

数虽小，在百万之上。（打字一）　谜底：一。

上不着天，下不着地。（打字一）　谜底：一。

查看结果杳无踪迹（打字一）　谜底：一。

不可在上且宜在下（打字一）　谜底：一。

牛无它不生人缺它不大（打字一）　谜底：一。

日环食（打字一）　谜底：一。

一对海蚌（打字一）　谜底：贰。

天天大扫除（打字一）　　谜底：二。

就在其中（打字一）　　谜底：二。

天人下降（打字一）　　谜底：二。

人定胜天（打字一）　　谜底：二。

上元（打字一）　　谜底：二。

夫人莫入（打字一）　　谜底：二。

少夫人（打字一）　　谜底：二。

提夫人（打字一）　　谜底：二。

没一点主心骨（打字一）　　谜底：二。

来自基层中（打字一）　　谜底：二。

赤子之心（打字一）　　谜底：二。

字字去了盖，不作子字猜。（打字一）　　谜底：二。

一下一上，下比上大。（打字一）　　谜底：二。

春日人不见（打字一）　　谜底：三。

一减一不是零（打字一）　　谜底：三。

白头纵酒不相识（打字一）　　谜底：三。

直到白头不相识（打字一）　　谜底：三。

泰山山水尽游人（打字一）　　谜底：三。

因非得罪（打字一）　谜底：四。

小廊回合曲阑斜（打字一）　谜底：四。

笔帽摘下不用套上（打字一）　谜底：肆。

封住吾口（打字一）　谜底：五。

心方解悟知二三（打字一）　谜底：五。

人人人人人（打字一）　谜底：伍。

先礼后兵（打字一）　谜底：六。

七上八下（打字一）　谜底：六。

不要交叉（打字一）　谜底：六。

八点一（打字一）　谜底：六。

三星错落映天涯（打字一）　谜底：六。

上帝（打字一）　谜底：六。

虚心（打字一）　谜底：七。

蛇尾（打字一）　谜底：七。

白加黑（打字一）　谜底：七。

分清皂白（打字一）　谜底：七。

放上白的，变成黑的。（打字一）　谜底：七。

花草凋零人离去（打字一）　谜底：七。

空心（打字一）　　谜底：八。

在空中（打字一）　　谜底：八。

一直认真（打字一）　　谜底：八。

只要开口，听说能发。（打字一）　　谜底：八。

多一点就圆（打字一）　　谜底：九。

究底（打字一）　　谜底：九。

旭日东升（打字一）　　谜底：九。

有它就卖，无它就买。（打字一）　　谜底：十。

思（打字一）　　谜底：十。

一来就干（打字一）　　谜底：十。

上古（打字一）　　谜底：十。

南平（打字一）　　谜底：十。

下午（打字一）　　谜底：十。

一分为二（打字一）　　谜底：十。

三去二进一（打字一）　　谜底：十。

午字少一撇（打字一）　　谜底：十。

一个人没有（打字一）　　谜底：十。

人手一口（打字一）　　谜底：拾。

5×6（打字一）　谜底：卅。

举一反三（打字一）　谜底：卅。

玉皇顶（打字一）　谜底：百。

自动变化（打字一）　谜底：百。

自身改革（打字一）　谜底：百。

舌头（打字一）　谜底：千。

张口结舌（打字一）　谜底：千。

十字街头（打字一）　谜底：千。

禾高没了人（打字一）　谜底：千。

有舌头，无舌根。（打字一）　谜底：千。

下方（打字一）　谜底：万。

加一点有四边（打字一）　谜底：万。

芳草迷离孤星隐（打字一）　谜底：万。

芳草被毁一点不留（打字一）　谜底：万。

此人排行第二（打字一）　谜底：亿。

看看一个人，数数万万人。（打字一）　谜底：亿。

二、五颜六色谜

白（打《水浒传》人名一）　谜底：皇甫端。

白（打成语一）　谜底：有声有色。

白（打成语一）　谜底：自成一派。

上皇（打字一）　谜底：白。

枯泉（打字一）　谜底：白。

九十九（打字一）　谜底：白。

一了百了（打字一）　谜底：白。

一百少一（打字一）　谜底：白。

一呼百诺（打字一）　谜底：白。

百无一失（打字一）　谜底：白。

昂首向前（打字一）　谜底：白。

皂（打成语一）　谜底：说三道四。

七百除一（打字一）　谜底：皂。

锦西（打字一）　谜底：金。

一得之余（打字一）　谜底：金。

重点是安全（打字一）　谜底：金。

中国人多一点（打字一）　谜底：金。

黑（打字一）　谜底：皈。

碳素（打成语一）　谜底：黑白分明。

昔日送别去，由此人影稀。（打字一）　谜底：黄。

十二月（打字一）　谜底：青。

请勿讲话（打字一）　谜底：青。

青（打气象名词一）　谜底：晴转阴。

青（打常用词二）　谜底：不安心，难为情。

加水能见底，添心友谊深。（打字一）　谜底：青。

出言带"请"字（打字一）　谜底：青。

有言在前方为礼，争执在后能自安。（打字一）　谜底：青。

五彩缤纷（打物理名词一）　谜底：色散。

红人（打字一）　谜底：赭。

万紫千红（打《水浒传》人物一）　谜底：花荣。

赤橙绿蓝紫（打成语一）　谜底：青黄不接。

本非黑色（打化学名词一）　谜底：原素。

五颜六色红为尊（打《水浒传》人名一）　谜底：朱贵。

万绿丛中一点红（徐妃格，打中药名一）　谜底：朱砂。

长将赭墨代胭脂（打小说名一）　谜底：红与黑。

异乡打工（打字一）　谜底：红。

面如重枣（探骊格）　谜底：颜色·红。

人面桃花（打字一）　谜底：赫。

红了还要红（打字一）　谜底：赫。

分件整理（打字一）　谜底：朱。

疏篱一点柳戏风（打字一）　谜底：彤。

面如重枣（骊珠格）　谜底：颜色·红。

人面桃花（骊珠格）　谜底：颜色·红。

面如傅粉（骊珠格）　谜底：颜色·白。

包公面容（骊珠格）　谜底：颜色·黑。

三、方位文字谜

一横一竖一边一点（打字一）　谜底：下。

功过各半（打字一）　谜底：边。

中（打成语一）　谜底：不上不下。

中（打成语一）　谜底：心腹之患。

马路转向通南北（打字一）　谜底：中。

足有一半（打字一）　谜底：右。

有头缺只脚（打字一）　谜底：右。

一到上海（打字一）　谜底：中。

一见是鸡（打字一）　谜底：西。

中间有一人（打字一）　谜底：東。

燕子空中上下飞（打字一）　谜底：北。

肉铺一人管（打字一）　谜底：内。

四、人物称谓谜

终身考验（解铃格，打称谓一）　谜底：检察长。

解铃格如今已经很少使用，这里予以简单介绍。古时，凡遇须改变本音的汉字，就要在该字的右上方用朱笔圈上红圈，好像为它系上一个铃铛，告诉读者这里需要读作他音，称为圈读。解铃格就是取消汉字的圈读，好像解开了铃铛，仍读汉字本音。在解析谜底时，须读汉字的他音才能扣合谜面。此谜谜底读作检察长（Cháng）。

不断（解铃格，打称谓一）　谜底：连长。

历史精华（徐妃格，打称谓一）　谜底：姑娘。

今不如昔（徐妃格，打称谓一）　谜底：姑娘。

各（秋千格，打称谓一）　谜底：内阁。

矢（秋千格，打称谓一）　谜底：中医。

终年节约（秋千格，打称谓一）　谜底：省长。

干部准则（秋千格，打称谓一）　谜底：法官。

傀儡皇帝（秋千格，打称谓一）　谜底：主持人。

初次负伤（秋千格，打称谓一）　谜底：创始人。

一诺千金（秋千格，打称谓一）　谜底：发言人。

嫁不出去的姑娘（秋千格，打称谓一）　谜底：女处长。

诧（骊珠格）　谜底：称谓·作家。

白莲花（骊珠格）　谜底：称谓·君子。

语言美（梨花格，打称谓一）　谜底：画家。

　　清人张玉森借用唐代诗人岑参的《白雪歌送武判官归京》诗句"忽如一夜春风来，千树万树梨花开"中"梨花"比喻"白雪"之意，为谜底为谐音字的灯谜取名梨花格。梨花格也称白雪格、谐声格等。它的规则是谜底须为两字以上的词语，读作谐音后，可以扣合谜面。此灯谜谜底"画家"读谐音为"话佳"，扣合谜面。

练习发音（粉底格，打称谓一） 谜底：学生。

粉底格，也称素履格、素袜格、立雪格等。它的规则是谜底须

《白雪歌送武判官归京》图

为两字以上的词语，且最后一字要谐读。此灯谜谜底"生"谐读为"声"，扣合谜面。

不让先生走（下楼格，打称谓一） 谜底：留学生。

下楼格，也称低头格。它的规则是谜底须为三字以上词语，且第一字要移到词语末尾读，方能扣合谜面。此灯谜"留"字移到"学生"后，读为"学生留"，扣合谜面。

老小皆熟（解带格，打称谓一） 谜底：中学生。

解带格，又称鸿沟格、挖心格、比干格。它的规则是谜底需三个字以上的奇数，将中间字去掉，得以扣合谜面。此谜底去掉"学"为"中生"，而谜面老小皆熟不正是"中生"吗？谜底"中学生"，扣合谜面。

古宅（打称谓一） 谜底：老人家。

怀念江东父老情（打称谓二） 谜底：思想家、乡长。

黄河之水天上来（打称谓一） 谜底：派出所长。

"派"在《说文解字》里的意思是"水"，即河流。谜底"派出所长"寓意黄河源远流长，扣合谜面的"天上来"。

大姑娘（打称谓一） 谜底：奶奶。

加拿大（打称谓一） 谜底：夫人。

劳动局（打称谓一） 谜底：干部。

奇形怪状（打称谓一） 谜底：模特。

分娩的提前入场（打称谓一）　谜底：先进生产者。

外祖母（打称谓一）　谜底：妈妈。

又（打称谓一）　谜底：殿下。

奇（打称谓一）　谜底：大表哥。

巨轮（打称谓一）　谜底：船老大。

一起奔向四化（打称谓一）　谜底：同志。

兑（打称谓二）　谜底：兄长、丫头。

活命哲学的探讨（打称谓一）　谜底：研究生。

始皇废妃立太子（打称谓一）　谜底：政治家。

古来征战几人回（打称谓一）　谜底：老师。

古巴女排（打称谓一）　谜底：姑姑。

五、各种物品谜

淮阴侯（秋千格，打物品一）　谜底：信封。

淮阴侯，韩信也。韩信（？—前196），淮阴人（今江苏淮安人），西汉开国大将军。曾经受封为齐王、楚王，后刘邦怀疑韩信谋反，将其贬为淮阴侯。谜底"信封"按秋千格规则读为"封信"，扣合谜面。

手表（遥对格，打物品一）　　谜底：牙刷。

遥对格，也称锦屏格、楹联格、求偶格等。它的规则是谜底与谜面字数相同，谜面的尾字为仄声字，谜底的尾字为平声字，就像一副对联。

陈州放粮（卷帘格，打物品一）　谜底：急救包。

谜面取自包拯包青天的历史故事：包青天路过陈州，发现当地遭遇旱灾，百姓民不聊生，无米下锅。他下令立即打开粮仓，以解救百姓的燃眉之急。同时，派人快马加鞭向皇帝报告灾情和开仓放赈之举。因为开仓放赈是大事，必须得到皇帝的允许。包青天这种为了百姓的疾苦，不顾个人利害得失的做法，赢得百姓赞誉，后人用"陈州放粮"

陕西汉中市拜将台，后面为韩信雕像。"拜将台"三字是原陕西省委书记、书法大师，被毛泽东誉为"红军书法家，党内一枝笔""马背书法家"的舒同所书

记载此事。谜底要求为卷帘格，故为三个字以上，且须倒读。这样"包救急"扣合谜面。

无家可归（徐妃格，打物品一）　谜底：铁锯。

谜面"无家可归"意为"失去居住之所"。谜底用徐妃格，去掉"钅"字旁，即为"失居"，扣合谜面。

夜半无声（白头格，打物品一）　谜底：镜子。

白头格，也称皓首格、素冠格、寿星格。它的规则是谜底为两字以上的词语，且第一个字读谐音。本灯谜谜底的"镜"应读谐音"静"，意为"安静的子夜"扣合谜面。

溺爱（白头格，打物品一）　谜底：罐子。

谜底"罐"谐读为"惯"，"惯子"扣合谜面。

四大天王改头换面（双勾格，打儿童玩具一）　谜底：变形金刚。

双勾格，也称倒装格、转移格、双秋千格。它的规则是：谜底限四字，将前两字与后两字互换位置，方能扣合谜面。谜面"四大天王"指的是佛教护法天神，即东方持国天王、南方增长天王、西方广目天王、北方多闻天王。四大天王也称四大金刚。谜底按照双勾格规则，应读为"金刚变形"扣合谜面。

用餐（燕尾格，打食品名一）　谜底：月饼。

燕尾格，也称燕翦格。它的规则是谜底需两个字以上，且最后一字须为左右结构，并分开读。谜面"用"别解为"月月"，谜底

佛教四大天王像。从左至右：东方持国天王、南方增长天王、西方广目天王、北方多闻天王

"饼"读为"并食"，"月并食"扣合"月月餐"，谜底扣合谜面。

红杏出墙娇滴滴（打化妆品一）　谜底：花露水。

晁天王乃山寨之主（打婚礼用品一）　谜底：盖头。

谜面"晁天三"是指《水浒传》中的晁盖，此人绰号托塔天王，武艺高强、仗义疏财，专爱结交天下好汉。他与吴用等人智取生辰纲后，被官兵追捕，投奔水泊梁山，后成为梁山总寨主。谜底"盖"指的就是晁盖。

八和十八（打玩具一）　谜底：积木。

森（打玩具一）　谜底：积木。

刘半农手稿（打物品一）　谜底：复写纸。

刘半农（1891—1934），原名刘寿彭，后改名刘复。他是中国著名的文学家、语言学家、教育家，是"五四"新文化运动的先驱

刘半农像及其书法

之一。他病逝后，鲁迅先生曾发表《忆刘半农君》表示悼念。谜底"复"指"刘半农"。

周而复始（打文化用品一）　谜底：圆规。

含苞待放（打食品一）　谜底：花卷。

六、趣味生肖谜

中国共有十二生肖，即鼠、牛、虎、兔、龙、蛇、马、羊、猴、鸡、狗、猪。前人将十二地支与生肖结合，形成生肖纪年，即子鼠、丑牛、寅虎、卯兔、辰龙、巳蛇、午马、未羊、申猴、酉鸡、戌狗、亥猪。

子鼠

鼠夹上的食物（打词牌一）　谜底：引子。

引子是宋、元时期各种说唱艺术演唱时的第一个曲子的泛称，如《琵琶记·高堂称庆》的《瑞鹤仙》、《牡丹亭·游园》的《绕池游》等。谜底的"子"别解为"鼠"。

老鼠的本领（打工业用语一）　谜底：耗能。

谜面"老鼠"也称"耗子"；"本领"也称"能耐"，谜底"耗能"扣合谜面。

夜审白日鼠（打体育术语一）　谜底：黑中盘胜。

白日鼠白胜是《水浒传》中的人物。智取生辰纲后，白胜被何氏兄弟抓捕，熬不过酷刑，供出晁盖。谜底"胜"指的就是"白日鼠白胜"；"盘"别解为"审问、盘问"。

丑牛

牛马（打成语一）　谜底：虎头蛇尾。

在生肖排序中，寅虎之前是丑牛，巳蛇之后是午马。谜底"虎头蛇尾"扣合谜面。

织女为谁弄丝弦（打成语一）　谜底：对牛弹琴。

牛郎织女的爱情故事，广为流传。不难猜出，织女一定是为牛郎拨弄丝弦。牛郎乃牵牛星的星名衍化而来，谜底的"牛"别解为"牛郎"，扣合谜面。

牛（打学校用语一）　谜底：统一招生。

谜面"牛"底部加"一"，即为"生"，谜底"统一招生"扣合谜面。

远看像牛，近看是马。（打字一）　　谜底：午。

"牛"和"午"两字乍看非常相似，扣合谜面"远看像牛"；马的地支是"午"，有"午马"之称，扣合谜面"近看是马"。

寅虎

虎剩无几，用心保护。（打字一）　　谜底：虑。

谜面"虎剩无几"，即去掉"虎"的"几"字，为"虍"。"用心保护"的意思就是给"虍"加个"心"，谜底"虑"扣合谜面。

猛虎行（打唐诗句一）　　谜底：烈风无时休。

唐代诗人杜甫在游览西安大雁塔后，曾作五言律诗《同诸公登慈

陕西西安大雁塔

恩寺塔》，其中头四句为"高标跨苍穹，烈风无时休。自非旷士怀，登兹翻百忧"。中国文化里，"龙生云，虎生风"，谜底"风"别解为"虎"。

夤（打剧目一）　谜底：获虎之夜。

《获虎之夜》是田汉于1922年创作的独幕剧，讲述了黄大傻和莲姑这对表兄妹的曲折爱情故事，向人们展示了青年人反对封建思想的进步力量。谜面"夤"的上面是"夕"，下面为"寅"。而"夕"为"夜"，"寅"指"虎"，"夜"在"虎"之上，正是获得猛虎之夜。

中国虎（打明代人名一）　谜底：唐寅。

谜面"中国"别解为"唐"；"虎"为"寅"。

千古之谜（打哺乳动物一）　谜底：老虎。

谜亦称"虎"，猜灯谜也称"射虎"。谜面"千古"别解为"老"，谜底"老虎"扣合谜面。

偏向虎山行（打成语一）　谜底：没毛大虫。

大虫，即老虎。没毛大虫比喻凶猛的人或事物。谜面"偏向"别解为"不惧怕老虎"，谜底"毛"别解作惊慌。谜底"没毛大虫"扣合谜面。

回首丙寅去匆匆（掉首格，打词牌一）　谜底：猛虎行。

掉首格，亦称睡鸭格、乙上格、低首格。它的规则是谜底为三字以上，且第一字和第二字要换位来读，扣合谜面。谜底"猛虎行"读作"虎猛行"，扣合谜面。

卯兔

玉兔东升（打琵琶曲名一）　谜底：《月儿高》。

《月儿高》是由无名氏谱写的一首著名琵琶传统大套文曲，主要描述月亮从东升到西沉的全部过程。全曲共分十二段，从海岛冰轮开始的引子，一直到玉兔西沉结束。玉兔指生活在月宫里的兔子，也指月亮。谜底《月儿高》扣合谜面。

兔死（打唐代人名一）　谜底：令狐楚。

令狐楚（766—837），字悫士，今陕西耀县人，唐代文学家，以善作骈体文著称于世。唐代大诗人李商隐亦拜其为师学习骈体文。《全唐诗》收录令狐楚50多首诗；《全唐文》收录其文5卷；《新唐书·艺文志》收录其《漆奁集》130卷。谜面"兔死"肯定"狐悲"，谜底"楚"作"痛苦"解。

高悬玉兔在山巅（打天津地名一）　谜底：挂月峰。

挂月峰是天津盘山风景区的最高峰，海拔864.4米。沿云罩寺东行，登上仅容一人通行的石阶，见东崖壁上刻有"去天尺五"四个大字，显然有些夸张。过"喘气岩"继续上行就是挂月峰。谜面"高悬玉兔"别解为"挂月"。

兔年迎春到，鸟栖草桥下。（打鸟名一）　谜底：柳莺。

柳莺是中国最常见的一种鸟，俗称柳串儿、树串儿、槐串儿、树叶儿。它体长约7公分，特征是眉纹和翼上有两道白斑，以捕食小昆虫为生。谜面"兔"别解为"卯"，而"春"之"盛德在木"，故"兔

柳莺

年迎春到"为"柳";"鸟栖草桥下"得"莺"字。谜底"柳莺"扣合谜面。

辰龙

龙（打成语一）　谜底：充耳不闻。

谜面"龙"谐音为"聋"，"龙"字加个"耳"就失聪。谜底"充耳不闻"扣合谜面。

飞起玉龙三百万（打影视演员一）　谜底：剧雪。

谜面出自毛泽东词《念奴娇·昆仑》中"飞起玉龙三百万，搅得周天寒彻"，这里"玉龙三百万"借用北宋张元的诗"战罢玉龙三百万，败鳞残甲满天飞"，指的是雪山。剧雪是出生于北京的著名演员，代表作有《凤凰琴》《永失我爱》等。

洪水退去日，龙王现原形。（打《水浒传》人物一）　谜底：龚旺。

龚旺，因浑身刺虎斑，脖子刺虎头，得外号"花项虎"。他原在官府为将，宋江支援卢俊义攻打东昌府时，林冲、花荣将龚旺活捉。后归降梁山，排座次授地捷星，排名第七十八位。谜面"洪水退去"为"共"，无水的"龙王现原形"别解为"龙""王"二字。将"共""日""龙""王"重组，得谜底"龚旺"扣合谜面。

唐僧坐骑雄姿健（打成语一）　谜底：龙马精神。

白龙马非马，它本是西海龙王的三太子，因烧毁玉帝所赐明珠理应处死，后因南海观音菩萨出面求情才得以免死，被贬至蛇盘山等待唐僧师徒取经。不想它误吃唐僧所骑的白马，后被观世音菩萨点化，皈依佛门，成为唐僧取经路上的坐骑白龙马。取经归来，如来佛祖授其为八部天龙广力菩萨。谜面"唐僧坐骑"别解为"龙马"。

龙潜（打唐诗句一）　谜底：云深不知处。

谜底取自唐代诗人贾岛五言绝句《寻隐者不遇》，全诗是：松下问童子，言师采药去。只在此山中，云深不知处。贾岛（779—843），字浪仙，自号"碣石山人"。因在唐文宗时在今四川蓬溪县任长江主簿，故人称"贾长江"。他一生不喜与常人往来，专爱寻找各方隐士，人们还称其为"诗囚""诗奴"。谜底"云"别解为"龙生云，虎生风"的"云"。

白龙过江（打三峡河流名一）　谜底：马渡河。

马渡河是大宁河支流，古称"昌河"，亦名"巫溪水"。它发

马渡河

源于四川省巫山县当阳乡五墩子，即大巴山南麓，在巫峡西口注入长江，全长250公里。下游的三撑峡、秦王峡、长滩峡，有"巫山小小三峡"之称，是中国最佳漂流区。谜面"白龙"别解为"马"。

中华灯谜大赛（打京剧目一）   谜底：龙虎斗。

巳蛇

白蛇点将战天兵（打成语一）   谜底：聚精会神。

谜面取自中国民间故事《白蛇传》。讲的是白蛇与许仙相爱，结为夫妻。和尚法海看到许仙面带妖气，就将其藏于金山寺内。白蛇带青蛇来此寻夫，法海搬来天兵天将阻止。白蛇施展全部法力，无奈被法海钵盂降服，将其压在雷峰塔下。谜底"精、神"别解为"白蛇精、天兵"。谜底"聚精会神"扣合谜面。

一朝被蛇咬（打宋词句一）　谜底：几年离索。

谜面取自俗语"一朝被蛇咬，十年怕井绳"，说的是一旦受到伤害，就对类似的事物或事件非常惧怕。谜底取自宋代词人陆游的

湖北武汉黄鹤楼

《钗头凤》，全文是：红酥手，黄藤酒，满城春色宫墙柳。东风恶，欢情薄，一杯愁绪，几年离索。错，错，错！春如旧，人空瘦，泪痕红浥鲛绡透。桃花落，闲池阁，山盟虽在，锦书难托。莫，莫，莫！谜底"索"别解为"绳索"，谜底扣合谜面。

己巳岁首（打湖北地名一）　谜底：蛇山。

蛇山位于湖北省武汉市武昌区长江南岸，古名江夏山、黄鹤山、石城山、长寿山、金华山、灵山，海拔85米，著名的黄鹤楼即建于此。谜面"己巳"为"蛇年"，"岁首"别解为"山"，谜底"蛇山"扣合谜面。

蛇行（打军事术语一）　谜底：匍匐前进。

一朝被蛇咬（打军事术语一）　谜底：永久防线。

午马

马踏残冰心不恐（打曲艺演员一）　谜底：冯巩。

冯巩，生于1957年，是著名相声表演艺术家，民国大总统冯国璋曾孙。他的代表作有《点子公司》《小偷公司》《瞧这俩爹》等。谜面"残冰"别解为"冫"；"心不恐"别解为"巩"，谜底"冯巩"扣合谜面。

门前冷落车马稀（打花卉一）　谜底：鲜客来。

这天上午（打唐诗句一）　谜底：此马非凡马。

唐代诗人李贺创作《马诗》23首，第4首为《马诗·此马非凡马》，全诗为：此马非凡马，房星本是星。向前敲瘦骨，犹自带铜声。该诗以马喻人，感叹怀才不遇。李贺（790—816），唐代著名诗人，与李白、李商隐并称唐代"三李"，人称"诗鬼"。谜面"午"别解为"马"。

指鹿为马（打宋词句一）　谜底：凭高目断。

谜面"指鹿为马"出自《史记·秦始皇本纪》。讲的是权臣赵高图谋篡夺皇位，想试探大臣对其的忠诚度，就献给秦二世一头鹿，并说献的是马。秦二世不信，赵高提出问群臣。结果群臣中有一半的人指其为马。这个成语比喻颠倒黑白，混淆是非。谜底取自晏殊词《诉衷情》，全文是：芙蓉金菊斗馨香，天气欲重阳。远村秋色如画，红树间疏黄。流水淡，碧天长，路茫茫。凭高目断，鸿雁来时，无限思量。晏殊（991—1055），北宋著名词人。代表作有《浣溪沙》，中有"无可奈何花落去，似曾相识燕归来"之句脍炙人口。谜底"高"扣合"指鹿为马"的始作俑者赵高。

戴宗添甲马（打物理名词一）　谜底：加速度。

戴宗是《水浒传》中的人物，外号"戴院长"。水泊梁山排座次时，授天速星，排名第20位。甲马，也

中国人民邮政1982年发行的韩愈纪念邮票

称名纸马，甲马纸，用后须烧掉。戴宗双腿拴上两个甲马，可以日行五百里；若拴上四个甲马，可以日行八百里，人称"神行太保"。

雪拥蓝关马不前（打交通术语一）　谜底：路障。

谜面取自唐代诗人韩愈的七律《左迁至蓝关示侄孙湘》，全诗是：一封朝奏九重天，夕贬潮阳路八千。欲为圣明除弊事，肯将衰朽惜残年。云横秦岭家何在，雪拥蓝关马不前。知汝远来应有意，好收吾骨瘴江边。

未羊

带鱼味美（打字一）　谜底：羊。

三丫头（打字一）　谜底：羊。

首先得用心（打字一）　谜底：羊。

申猴

猴子称大王（打京剧目一）　谜底：绝虎岭。

《绝虎岭》，又名《火烧裴元庆》，是南派京剧长靠武生戏。说的是隋朝时瓦岗寨起义军将领裴元庆难忍营中高挂免战牌，出而杀敌。他初战大胜，后被敌将辛文礼诱入庆山，被火烧死的故事。京剧武生分两大类，一是长靠武生；二是短打武生。靠是戏剧中武将所穿的铠甲，长靠为武将所穿，演出的角色多为赵云、高宠、马超、甘宁等大将。

电（打哺乳动物一）　　谜底：卷尾猴。

卷尾猴的尾巴有半缠绕力，可以用来支撑身体、缠绕树枝，它们主要分布于哥伦比亚东部、委内瑞拉、圭亚那、秘鲁东部、巴西、玻利维亚、巴拉圭等国。主要以植物嫩枝、树叶为食。卷尾猴头部特征明显，有簇状毛，看上去像戴顶帽子。谜底"猴"为"申"，"卷尾"成为"电"，谜底"卷尾猴"扣合谜面。此灯谜让人感叹汉字象形艺术的魅力。

猴子缘何称大王（打浙江地名一）　　谜底：虎跑。

虎跑位于浙江省杭州市西湖西南大慈山白鹤峰下，公元819年，唐

浙江杭州虎跑。两侧对联为弘一法师手书，联曰："智慧照十方庄严诸法界，大慈念一切无碍如虚空。"

代高僧性空大师在此建寺，取名虎跑寺。宋代高僧济公圆寂于此，弘一法师在此出家。寺中有虎跑泉，有天下第三泉的美名（第一泉济南趵突泉；第二泉无锡惠山泉）。

酉鸡

刘安升天（打唐诗句一）　　谜底：鸡犬亦得将。

雄鸡一唱（打词曲牌一）　　谜底：忽都白。

元曲中有一曲牌名为《忽都白》，唱词如下：我半载来孤眠，信口胡言，枉了把我冤也么冤。打听的真实，有人曾见，母亲跟前，恁儿情愿，一任当刑宪，死而心无怨。宋词中亦有词牌《忽都白》。以"忽都白"为谜底的灯谜很多，如：北京（南京）忽降大雪（打词曲牌一）；千树万株梨花开（打词曲牌一）；不觉染秋霜两鬓（打词曲牌一）等。

雄鸡（打唐代人物一）　　谜底：司空曙。

司空曙，字文明，唐代诗人。擅长五律，著有《司空文明诗集》。谜面"雄鸡"一唱天下白，谜底"司空曙"别解为"管理天下黎明曙光"。

鸡汤（打字一）　　谜底：酒。

戌狗

伏（打四字口语一）　　谜底：狗仗人势。

狂犬吠日（打食品一）　　谜底：热狗。

一狗守洞口（打字一）　　谜底：突。

亥猪

猪嘴（打字一）　　谜底：咳。

猪年献词（打字一）　　谜底：该。

第八章 成语灯谜

一、成语与动物

牵牛打草（遥对格，打成语一） 谜底：走马看花。

走马看花，也作走马观花，比喻匆忙、粗略地观察事物。成语出自唐代诗人孟郊的七绝《登科后》，全诗是：昔日龌龊不足夸，今朝放荡思无涯。春风得意马蹄疾，一日看尽长安花。后人以走马看花形容得意、愉快的心情。

故把梅花当桃花（打成语一） 谜底：指鹿为马。

虎蹲炮（求凰格，打成语一） 谜底：对牛弹琴。

求凰格规定谜底要同谜面对仗，且须加关联词。谜面"虎蹲炮"与谜底"牛弹琴"相对，加个关联词"对"，就成为谜底"对牛弹琴"。

鱿（打成语二） 谜底：鱼龙混杂、一笔勾销。

征求谜面（打成语一） 谜底：与虎谋皮。

伯乐挥鞭（打成语一） 谜底：骑马找马。

采购象棋（打成语一）　谜底：招兵买马。

谜苑不复旧时颜（打成语一）　谜底：谈虎色变。

骅骝成双对春风（打成语一）　谜底：马马虎虎。

骅骝，是周穆王拥有的八匹骏马之一，色如华而赤。李白在《答王十二寒夜独酌有怀》中有"骅骝拳局不能食，塞驴得志鸣春风"之句，骅骝指贤人；塞驴喻庸才。此灯谜的灵感应该来自李白的诗。谜面"骅骝成双"别解为"马马"。俗语"龙生云，虎生风"，谜面的"风"别解为虎，而"对春风"即为"虎虎"。

古骅骝合背花钱

子丑寅卯辰巳午未申亥（打成语一）　谜底：鸡犬不留。

十二地支各代表一个生肖，谜面独缺"酉戌"，即"鸡犬"。

骡（打成语一）　谜底：非驴非马。

柳（打成语一）　谜底：守株待兔。

奔腾急（打成语一）　谜底：马不停蹄。

谜面取自毛泽东词《十六字令三首》之二，全文是：山，倒海翻江卷巨澜。奔腾急，万马战犹酣。猜射此谜需用承上启下法，即作者的谜面说的是头一句，实际上他让你猜的是第二句。谜底"马不停蹄"扣合谜面。

狗咬狗（打成语一）　　谜底：犬牙交错。

未去修理栅栏（打成语一）　　谜底：亡羊补牢。

谜面"未"别解为"羊"，"未去"别解为"亡羊"。

从甲子到甲子（打成语一）　　谜底：首鼠两端。

此子眼睛十分亮（打成语一）　　谜底：鼠目寸光。

一箭正坠双飞翼（打成语二）　　谜底：惊弓之鸟、同归于尽。

伤心细问儿父病（赤颈格，打成语一）　　谜底：杯盘狼藉。

赤颈格规定谜底须四字以上，且第二个字正读，其余的字谐读。谜面"伤心"别解为"悲"；"细问"别解为"盘问"；"儿父"指的是自己的夫君即"郎"；"病"别解为"疾"，谜底谐读作"悲盘郎疾"，正读为"杯盘狼藉"。

华容道义释孟德（打成语一）　　谜底：走马上任。

关羽为保护二位皇嫂，假降曹操。后得知刘备消息，辞别曹操，带着嫂子过五关、斩六将回到大哥身边。赤壁之战，曹操战败，逃至华容道，正遇关羽。关羽感念旧情，放过曹操的人马。谜底"上任"别解为"关羽的上一任领导——曹操"。

河北承德关帝庙

红楼梦中得鸳鸯（打成语一）　谜底：一石二鸟。

谜面"红楼梦"别解为"石头记"；"鸳鸯"也称匹鸟，雌雄偶居不离。谜底"一石"扣"红楼梦"；"鸳鸯"扣"二鸟"。

陈达先行，杨春断后（打成语一）　谜底：虎头蛇尾。

陈达，《水浒传》中的"跳涧虎"，在地煞星里排名第三十六位的地周星。杨春在《水浒传》里是与陈达形影不离的兄弟，外号"白花蛇"，在地煞星里排名第三十七位的地隐星。谜底"虎头"扣"陈达先行"；"蛇尾"扣"杨春断后"。

眬（打成语一）　谜底：画龙点睛。

渔（打成语一）　谜底：浑水摸鱼。

狗猫像什么（打成语一）　　谜底：如狼似虎。

跨入壬午年，胜利在眼前。（打成语一）　　谜底：马到成功。

引狼入室（鸳鸯格，打成语一）　　谜底：放虎归山。

　　鸳鸯格，也称流水格、楹联格。它的规则是谜底不少于两个字，且与谜面对仗。即谜面为上联，谜底为下联。需要注意的是有些鸳鸯格灯谜虽对仗工整，却忘记对联的另一个关键要素——仄起平收，即上联尾字用仄声字；下联尾字选平声字。如本灯谜，谜面尾字"室"念仄声；谜底尾字"山"为平声，符合鸳鸯格灯谜的要求。

二、成语与性情

板桥画意在笔先（打成语一）　　谜底：胸有成竹。

　　谜面"板桥"即清代著名画家郑板桥。郑板桥（1693—1766），原名郑燮，字克柔，号板桥，江苏兴化人。他曾在山东范县、潍县任县令，做官之前和之后的两个人生阶段，都是以卖画为生。他诗书画俱佳，位列扬州八怪之一。郑板桥一生画竹最多，次为兰，代表作有《兰竹图》。

比干之死（打成语一）　　谜底：心不在焉。

　　比干（前1125—前1063），姬姓之后，商王太丁的儿子。20岁任太师辅佐兄长帝乙治理殷国，后受兄长嘱托辅佐侄儿帝辛。帝辛即纣王。纣王荒淫无度，横征暴敛，民众怨声载道。比干看不下去，向侄儿即纣王强谏三日，惹怒纣王。纣王说："我听说圣人的心有七窍是真的吗？"命人杀比干，挖其心。谜面"比干之死"别解为"心不在"。

插翅虎挡路行劫（打成语一） 谜底：横行霸道。

插翅虎是梁山好汉雷横的外号。雷横职司梁山泊步军头领兼突击营指挥，列天罡星第二十五位，名天退星。

超级好牙刷（打成语一） 谜底：一毛不拔。

春蚕吐丝（打成语一） 谜底：作茧自缚。

春蚕是鳞翅目昆虫。成熟的蚕身体透明，可见丝状物质，这些丝是蚕体内的丝腺制造出来的。蚕吐丝将身体包住，这就是所说的作茧自缚。蜕皮后，就变成蛹，蛰伏在茧内。约十日，蛹化为蛾，飞出茧外。交尾后，雄蛾即死。雌蛾产卵后，它的一生也结束了。

刺猬（打成语一） 谜底：锋芒毕露。

寸关尺能知病况（打成语一） 谜底：脉脉含情。

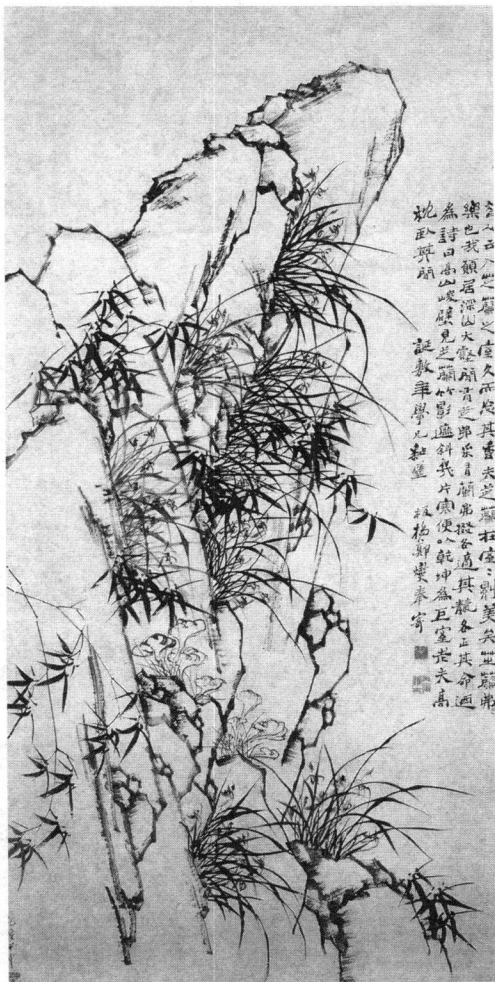

郑燮《兰竹图》

寸关尺为中医脉学术语。桡骨茎突处为"关"，关之前（手腕端）为"寸"；关之后（肘端）为"尺"。这三处的脉搏，分别称为寸脉、关脉、尺脉。谜面"寸关尺"别解为"脉脉"。

　　　　弹簧（打成语一）　　谜底：能屈能伸。

　　　　电灯泡（打成语一）　　谜底：胆大心细。

　　　　电锯伐树（打成语一）　　谜底：当机立断。

　　　　电梯（打成语一）　　谜底：能上能下。

　　　　反刍（打成语一）　　谜底：吞吞吐吐。

　　　　防患未然安全操作（打成语一）　　谜底：息事宁人。

　　　　辅导作曲（打成语一）　　谜底：助人为乐。

　　　　腹部透视（打成语一）　　谜底：肝胆相照。

　　　　哥哥（打成语一）　　谜底：唯唯诺诺。

　　　　黄鼠狼与狐狸结亲（打成语一）　　谜底：臭味相投。

　　　　雷鸣电闪（打成语一）　　谜底：声色俱厉。

　　　　镣铐（打成语一）　　谜底：束手束脚。

　　镣是指套在脚腕上使不能快跑的刑具；铐是指束缚人手的刑具。

　　　　旅游结婚（打成语一）　　谜底：喜出望外。

　　　　卖画为业（打成语一）　　谜底：唯利是图。

木偶戏（打成语一）　谜底：装腔作势。

碰到舞台就演出（打成语一）　谜底：逢场作戏。

汽车反光镜（打成语一）　谜底：瞻前顾后。

妊娠反应（打成语一）　谜底：喜形于色。

日（打成语一）　谜底：目空一切。

入院出院（打成语一）　谜底：患得患失。

泪（打成语一）　谜底：颠三倒四。

"泪"字由"氵"和"目"两部分构成。"氵"看起来就像"三"字在摇摆；而"目"字像"四"翻转九十度后的样子。谜底"颠三倒四"扣合谜面。

元宵节后捷报多（打成语一）　谜底：喜出望外。

清除（打成语一）　谜底：满不在乎。

高堂明镜悲白发（打成语一）　谜底：顾影自怜。

谜面取自唐代诗人李白的诗《将进酒》，前四句是"君不见黄河之水天上来，奔流到海不复回。君不见高堂明镜悲白发，朝如青丝暮成雪"。谜面"高堂明镜"别解为"顾影"；"悲白发"别解为"自怜"，谜底扣合谜面。

三军过后尽开颜（打成语一）　谜底：从容不迫。

谜面出自毛泽东七律《长征》，全文是：红军不怕远征难，万水

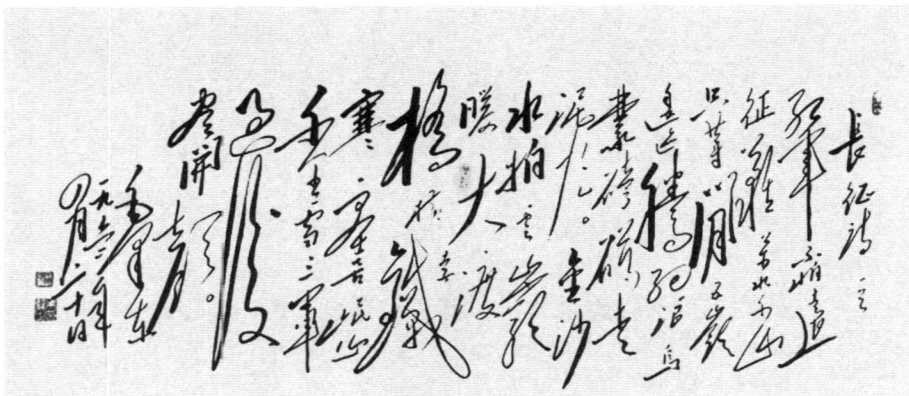

毛泽东《七律·长征》

千山只等闲。五岭逶迤腾细浪，乌蒙磅礴走泥丸。金沙水拍云崖暖，大渡桥横铁索寒，更喜岷山千里雪，三军过后尽开颜。红军经过千辛万险还能"尽开颜"，真是"从容不迫"。

烈焰腾腾高十米（打成语一）　　谜底：火冒三丈。

一丈等于十尺，一米等于三尺，三丈等于十米。谜面"烈焰腾腾"别解为"火冒"；"十米"等于"三丈"。此灯谜是算术题。

笑死人（打成语一）　　谜底：乐极生悲。

三、成语与数字

卅（打成语一）　　谜底：举一反三。

一、二、五（打成语一）　　谜底：丢三落四。

合起来五句话（打成语一）　　谜底：三言两语。

飞行报告（打成语一）　谜底：一纸空文。

筛（打成语一）　谜底：漏洞百出。

659（打成语一）　谜底：七上八下。

只剩六十二（打成语一）　谜底：七零八落。

抱（打成语一）　谜底：一手包办。

只我自己（打成语一）　谜底：独一无二。

入伍（打成语一）　谜底：接二连三。

十（打成语一）　谜底：三三两两。

白（打成语一）　谜底：一了百了。

仗（打成语一）　谜底：一落千丈。

长篇小说（打成语一）　谜底：千言万语。

朝辞白帝，暮至江陵。（打成语一）　谜底：一日千里。

　　谜面取自唐代诗人李白的《早发白帝城》，全文是：朝辞白帝彩云间，千里江陵一日还。两岸猿声啼不住，轻舟已过万重山。此谜用承上启下法猜射。

神枪手打靶（打成语一）　谜底：百发百中。

众（打成语一）　谜底：三位一体。

一袋牛毛（打成语一）　谜底：千头万绪。

重庆奉节县白帝城

吨（粉底格，打成语一）　谜底：一字千金。

失口（打成语一）　谜底：一知半解。

冠军（打成语一）　谜底：独一无二。

十百千（打成语一）　谜底：万无一失。

搞错正负号（打成语一）　谜底：以一当十。

粮食混合使用（打成语一）　谜底：五谷不分。

观古今于须臾（打成语一）　谜底：千载一时。

计划生育表态好（打成语一）　　谜底：说一不二。

一块变九块（打成语一）　　谜底：四分五裂。

伞兵练武（打成语一）　　谜底：一落千丈。

移山填海（打成语一）　　谜底：一举两得。

从一算起（打成语一）　　谜底：接二连三。

二分之七（打成语一）　　谜底：不三不四。

蓓蕾二三开（打成语一）　　谜底：五花八门。

相反（打成语一）　　谜底：一板一眼。

弃女（打成语一）　　谜底：一掷千金。

五指（打成语一）　　谜底：三长两短。

对镜（打成语一）　　谜底：一模一样。

九九九九（卷帘格，打成语一）　　谜底：万无一失。

如（打成语一）　　谜底：千金一诺。

非（打成语一）　　谜底：两面三刀。

元宵（打成语一）　　谜底：一朝一夕。

5+5（打成语一）　　谜底：十全十美。

圆角兑换（打成语一）　　谜底：以一当十。

三杯落壮（打成语一）　谜底：一干二净。

各族人民大团结（打成语一）　谜底：万众一心。

四、成语与自然

驯（打成语一）　谜底：一马平川。

昙（打成语一）　谜底：云开见日。

雨夹雪（打成语一）　谜底：落花流水。

一点也不像岳父（打成语一）　谜底：安如泰山。

老挝首都旧貌变（打成语一）　谜底：万象更新。

扬帆撒网整三句（打成语一）　谜底：水中捞月。

大漠孤烟直，长河落日圆。（打成语一）　谜底：风平浪静。

谜面取自唐代诗人王维的《使至塞上》，全文是：单车欲问边，属国过居延。征蓬出汉塞，归雁入胡天。大漠孤烟直，长河落日圆。萧关逢候骑，都护在燕然。谜面前句别解为"风平"；后半句别解为"浪静"。

卷我屋上三重茅（打成语一）　谜底：风吹草动。

谜面取自唐代诗人杜甫的《茅屋为秋风所破歌》，前二句为

王维《江干雪霁图卷》，现藏于日本

"八月秋高风怒号，卷我屋上三重茅"。此诗最著名的一句是："安得广厦千万间，大庇天下寒士俱欢颜。"

擒山上之虎，捞水底之月。（打成语一）　谜底：捕风捉影。

腰围无一尺，垂泪有千行。（打成语一）　谜底：细水长流。

一把辛酸泪，写成《红楼梦》。（打成语一）　谜底：水落石出。

巨木（打成语一）　谜底：水到渠成。

辞海（打成语一）　谜底：回头是岸。

孙猴子借兵器（打成语一）　谜底：大海捞针。

淳（打成语一）　谜底：近水楼台。

春秋（打成语一）　谜底：无冬无夏。

暴雨之前（打成语一）　谜底：雷厉风行。

浮萍（打成语一）　谜底：随波逐流。

户外一青峰（打成语一）　谜底：开门见山。

珠穆朗玛峰（打成语一）　谜底：藏之名山。

攀世界之巅（打成语一）　谜底：登峰造极。

改奏为春（打成语一）　谜底：偷天换日。

春色妍丽歌玉盘（打成语一）　谜底：花好月圆。

恐水病（打成语一）　谜底：惊涛骇浪。

精卫泄恨（打成语一）　谜底：石沉大海。

患难之友不可少（打成语一）　谜底：风雨交加。

芜（打成语一）　　谜底：不毛之地。

出（打成语一）　　谜底：重峦叠嶂。

各（打成语一）　　谜底：落花流水。

覃（打成语一）　　谜底：一潭死水。

茶（打成语一）　　谜底：移花接木。

昊（打成语一）　　谜底：光天化日。

可（打成语一）　　谜底：滴水成河。

瑶池（打成语一）　　谜底：空中楼阁。

露宿（打成语一）　　谜底：铺天盖地。

露珠（打成语一）　　谜底：依草附木。

泪沾裳（打成语一）　　谜底：一衣带水。

口若悬河（打成语一）　　谜底：行云流水。

龙行虎步（打成语一）　　谜底：风起云涌。

声闻于天（打成语一）　　谜底：响彻云霄。

中流砥柱（打成语一）　　谜底：山水相连。

果树大丰收（打成语一）　　谜底：桃李满天下。

戈壁刮大风（打成语一）　　谜底：飞沙走石。

浓雾罩三峡（打成语一）　谜底：气吞山河。

春雨扶新芽（遥对格，打成语一）　谜底：秋风扫落叶。

飒飒金风看射潮（打成语一）　谜底：望穿秋水。

一枝红杏出墙来（打成语一）　谜底：漏泄春光。

流水绵绵映夕阳（打成语一）　谜底：江河日下。

百卉含英降六出（打成语一）　谜底：阳春白雪。

李逵！把宋江喊来（打成语一）　谜底：呼风唤雨。

时逢中秋菊盛开（双钩格，打成语一）　谜底：花好月圆。

波涛实为狂飙所致（打成语一）　谜底：无风不起浪。

五、成语与典故

伯牙悼子期（打成语一）　谜底：人琴俱亡。

谜面出自伯牙子期的传说：伯牙弹琴，子期倾听。伯牙弹琴时，心里想着高山，子期也心有灵犀地说："听到此曲，感觉巍巍高山就在眼前。"伯牙想着流水，子期也心领神会地说："听到此曲，感觉潺潺溪水从我身边流过。"伯牙子期的故事，是"知音"最好的诠释。子期去世后，伯牙感叹知音不再，摔碎了心爱的瑶琴，不再弹奏。可谓人亡琴亦亡。不过成语"人琴俱亡"还另有典故。

人琴俱亡的典故：晋代大书法家王羲之生有七子一女，其中以

元·王振鹏《伯牙鼓琴图》，现藏于北京故宫博物院

七子王献之的书法造诣为最高，五子王徽之次之。王献之名气大，上门求字的人络绎不绝，导致无法休息，不幸病倒。王徽之此时背部溃烂，亦病入膏肓。有一个算命先生说："人的生命走到尽头，如果有活着的人愿意将自己的余生奉献给此人，则死者可以复生，这叫代死。"王徽之忙说："我的才能和造诣均不及七弟，我愿代死，让他继续活在世上。"算命人说："代死的人必须生有余年，你也是快死之人，已经没有余年，如何代死？"没过多久，王献之病逝。王徽之奔丧不哭，坐在灵床上，取过献之生前用的琴弹了起来，可是无法找到正确音律。王徽之慨叹："唉，七弟一死，人琴俱亡啊！"遂昏厥倒地。不久王徽之背部溃烂加剧，一个月后，不治而逝。

曲终人不见（打成语一）　谜底：销声匿迹。

销声匿迹的典故：唐朝时，长安有个卖饼的人名叫陈敬瑄，他有两个弟弟和一个好朋友。由于家里穷，其中一个弟弟很小就入宫做了太监，还被田姓大太监收为义子，改名田令孜。陈敬瑄的好朋友是隔壁提炼金银的小老板宗某。后来，宗某和陈敬瑄俩人因争夺一个美女交恶，形同陌路。陈敬瑄发誓要将宗某置于死地。唐僖宗时，陈敬瑄的小弟田令孜飞黄腾达，连僖宗都称其为"阿父"。因为这层关系，陈敬瑄平步青云，当了四川节度使。不久，长安发生叛乱，宗某被迫逃到四川，准备销声匿迹，隐姓埋名。不想，宗某被陈敬瑄手下调查出来，在四川内江被害。

口无遮拦（打成语一） 谜底：唇亡齿寒。

唇亡齿寒的典故：晋献公要借道虞国讨伐虢国，虞国大臣宫之奇认为此举危险，劝虞公不可轻举妄动。宫之奇说："虞国和虢国在地理位置上是邻居，虢国是虞国的屏障，辅车相依，唇亡齿寒。"意思是面颊和牙床是相互依存的，失去嘴唇，牙齿就会受冻。可虞公已经收了晋献公宝马、美玉和美女，哪里还能听得进去宫之奇的警告？后来，晋国灭了虢国。班师途中，晋国军队在虞国驻扎，顺便将虞国灭掉。宫之奇的预言成真。

自是之后，李氏名败，而陇西之士居门下者皆用为耻焉（打成语一） 谜底：广陵绝响。

谜面出自司马迁《史记·李将军列传》："单于既得陵，素闻其家声，及战又壮，乃以其女妻陵而贵之。汉闻，族陵母妻子。自是之后，李氏名败，而陇西之士居门下者皆用为耻焉。"意思是：单于得到李陵之后，因平素就听闻李陵家的名声，作战勇敢，就把自己的女儿嫁给李陵，使他显贵。汉朝政府知道此事后，就杀了李陵母亲、妻子、儿子整个家族的人。从此后，李家名声败落，陇西一带那些李家曾经的门客，都以此为耻。

广陵绝响的典故：三国时期有个酷爱音乐的年轻人名叫嵇康，有一天他在湖边练琴时，突然发现背后有一位白发老者在认真听其弹琴。嵇康好奇，就与老人攀谈起来。原来老人乃世外高人，琴艺无人能比。他坐下来，为嵇康完整弹奏一曲《广陵散》。嵇康听罢叹服，忙问此曲来历。

《广陵散》是流传在今天扬州一带的琴曲，讲的是战国时勇士聂

南朝嵇康砖画像

政的父亲为韩王锻造宝剑，没有如期完成，被韩王杀害。聂政长大后决心为父报仇。听说韩王爱好音律，聂政就背井离乡拜师学艺，十年学成后回到韩国。韩王听说聂政琴艺高超，命其入朝演奏。得到这个机会，聂政将宝剑藏于琴中，前往宫廷。韩王听聂政演奏入了迷，不觉闭上眼睛。聂政看机会来临，抽出宝剑，将韩王刺死。后来聂政自毁容貌，然后自刎。

　　嵇康听完此故事，感动不已。遂伏地拜师向老者学习《广陵散》，老者应允。嵇康就地练习，直到天明，已经掌握此曲的演奏。

老者再三叮嘱嵇康不要将此曲传与外人，之后便消失了。

嵇康与吕巽、吕安兄弟有交往。吕安妻貌美，兄长吕巽将其迷奸。吕安欲告发兄长，嵇康劝其息事宁人，别将家丑外扬。可吕巽却倒打一耙，将吕安告到官府，说其不孝。嵇康出面为吕安做证，惹怒大将军司马昭。这时，与嵇康有宿怨的钟会看到机会，就劝说司马昭将吕安和嵇康处死。

刑场上，嵇康最后弹奏了一次《广陵散》，曲罢长叹："广陵散于今绝矣。"随后被处死，年仅不惑。

炒股两三天，赚了千百万。（打成语一）　谜底：五日京兆。

五日京兆的典故：西汉宣帝时期，张敞任职京兆尹长达九年，后受到牵连而被弹劾，满城的人都知道他的京兆尹干不长了。不过，张敞还在按部就班地认真工作。他派负责治安的絮舜去查办一个紧急案件，但絮舜却说："我为他已经卖力多年，如今他还能做五天京兆尹，今五日京兆耳，安能复案事？"于是径自回家睡觉去了。

张敞得知絮舜所说的话和所干的事，马上派人将其抓了起来。这种玩忽职守的罪状，在当时是要处以死刑的。不过，死刑的行刑期定为十二月，现在已经还有几天就到月底了。张敞就命手下人加快审案，最后将絮舜判以死刑，并立即执行。

临刑前，张敞来到絮舜面前说："五天的京兆尹怎么样？虽然时间短，也能判你死刑。"絮舜死后不久，检查冤狱的官员接到絮舜家属的上访信。官员将此事报告了汉宣帝，宣帝认为张敞没什么错，但还是将其削职为民。

张敞离开后，京城盗案频发，治安混乱。汉宣帝不得已又将张敞请回，任命他为刺史。

外行装作内行样（打成语一）　谜底：出将入相。

出将入相的典故：出将入相是指出征打仗时可以为将帅，入朝辅佐皇帝可以为宰相，指文武兼备。唐朝时，书生卢生与吕道翁相见，谈话中说及自己的遭遇，慨叹自己空有一身才能却无法得以施展。他认为读书人活在世上，就应该有所建树，出将入相。吕道翁乃道家高人，听卢生如此说，心生怜悯，就赠给他一个枕头。当晚，卢生枕着这个枕头，做了一夜的出将入相的荣华富贵美梦。

把我的悲伤留给自己（打成语一）　谜底：休戚与共。

休戚与共的典故：春秋时期，晋厉公看到王公贵族子弟整日游手好闲无所事事，担心他们没有经历苦难，长大后很难担当大任，便将这些公子哥派到别的国家工作、学习。姬周被派往周国，在单襄公身边工作。

姬周身在周国，却时刻关心着祖国。每每遇到从晋国来的人，都要拉住人家问这问那。听到国家的好事就非常高兴，知道国家有困难就十分着急。

单襄公将这一切看在眼里，心里竖起大拇指。他对身边的近臣说："姬周是个有为的青年。他虽身在异国他乡，却心系祖国，与祖国休戚与共，将来的前途不可限量。"

不久，晋国大乱，晋厉公被杀。姬周被立为新的国君，即晋悼公。

十八姑娘一枝花（打成语一）　谜底：成人之美。

《论语·颜渊》中，说："君子成人之美，不成人之恶。"意思是君子成全人家的好事，不帮着别人做坏事。

成人之美的典故：谢榛（1495—1575），字茂秦，是明代布衣诗

山东临清市谢榛故里碑

人。他擅写乐府，歌词优美感人，曲调朗朗上口，在民间广为传唱。

万历元年冬，谢榛游走到彰德，即今天河南安阳。赵康王的曾孙穆王朱常清居住在此，且非常爱好音律，尤其是谢榛的乐府诗词。听说谢榛到来，朱常清就亲自接待他，并安排酒宴与之畅饮。席间，朱常清让宠姬贾氏在帘后弹唱谢榛的一首名曲竹枝词，谢榛不觉听入了迷。朱常清干脆将贾氏请出为谢榛当面演奏。贾氏将谢榛所有的作品都唱了一遍，谢榛非常感动，说："夫人所唱的，不过是在下粗浅之作。我现在就当场作几首词，以便府上娱乐之需。"

谢榛看到贾氏美貌，心生爱慕，顿觉思如泉涌，不一会儿，就为她作了十四首新词。贾氏为这些新词谱曲弹唱，俩人完全忘我。

朱常清看到这一幕，便将贾氏和一些贵重礼物一起送给了谢榛。消息传出来，人们都说朱常清是"成人之美"。

只共青梅竹马时（打成语一）　谜底：齐大非偶。

　　齐大非偶的典故：春秋时，齐国国君齐僖公有意将自己的女儿嫁给郑国的太子忽。太子忽不同意，说："每个人都有自己的配偶，齐大，非吾耦也。"齐国是个大国，不是我的配偶。耦与偶是通假字。

　　后来齐国遭到北方北戎部落的侵略，向郑国求援。太子忽受父亲委派，率领郑国军队，帮助齐国打败北戎部落。齐僖公为感谢郑国，又向太子忽提亲。不料，太子忽又一次拒绝了齐僖公。

　　有人不解，就去问太子忽。他回答说："从前没有帮助齐国的时候，我尚且不敢娶齐国的公主。现在受父王之命前来为齐国解困，如果娶妻回国，这不是用郑国的军事力量换取婚姻吗？郑国的百姓会怎么想？"于是，告别齐僖公返回郑国。

魏学洢记王叔远之因，莫邪以身投烘炉之故。（打成语一）
谜底：刻舟求剑。

　　魏学洢是明末著名散文家，代表作是《核舟记》，描述的是一件精美绝伦的微雕工艺品和雕刻人的高超工艺。这里的雕刻人就是谜面中的王叔远。

　　莫邪是铸剑师干将的妻子。武王阖闾命干将为其铸剑，干将接到任务后，点火生炉，熔铁化水。可奇怪的是，任凭干将如何操作，铁水就是无法流出来。莫邪看到丈夫着急的模样，便问发生了什么事。干将说："我的老师从前铸剑时，也遇到这种情况。他认为是炉神生气，就买得一名女子配给炉神，结果铁水就流了出来。可是这么残忍的方法我怎么能用呢？但今天出不来铁水，吴王的宝剑就得误期，那也是杀头之罪啊。"莫邪听完，二话没说，投身炉中。干将看到这一幕都傻了，可是一股铁水却流了出来。干将于是铸造出两把宝剑：

"雄剑干将"和"雌剑莫邪"。这两把宝剑是中国历史上的名剑。

刻舟求剑的典故：相传楚国有个坐船渡江的人，不小心将随身的宝剑掉入江中。他连忙用刀在船帮上刻了个记号，说："这是我宝剑掉下去的地方。"船到岸后，他从刻记号的地方跳下水去寻找宝剑，结果可想而知。船是运动的，而剑没有动。这样寻找宝剑，让人哭笑不得。

中国人民邮政1981年发行的《刻舟求剑》邮票

高天无地现亭台（打成语一）　　谜底：空中楼阁。

空中楼阁的典故：过去，有个非常富有的财主，可脑子却非常笨。有一天，他到邻村另一个财主家做客，看到人家的三层小楼非常华丽富贵。心想：回去我也要盖一个这样的三层楼。

回家后，他找来工匠，交代完任务就走了。几天后，他回来，看到工匠们正在地上挖大坑，十分不解。就问："我让你们盖三层小楼，你们为什么挖个坑啊？"

工匠们回答："我们在打地基，然后才能盖一层、二层和三层楼啊。"

财主听了非常生气："我就让你们盖第三层，没让你们盖一层和二层。"

工匠们一听都傻了：哪有这么玩的啊？没有第一层和第二层，哪来的第三层啊？

于是，工匠们走了。

财主看着地基发愣，明明那个财主家有三层，为什么这些工匠却造不出来？

以蒲为剑，以木为枪。（打成语一）　　谜底：草木皆兵。

蒲是多年生草本植物，生长在池沼中，可达两米高。根茎生长于水中，可食用。叶子长而尖利，像宝剑。"蒲"别解为"草"。

草木皆兵的典故：东晋时期，秦王苻坚统治中国北方，但时刻垂涎南方的土地。公元383年，苻坚率兵九十万攻打位于江南的晋国。当时的晋国只能派出八万人应战，为首的是大将谢石、谢玄。苻坚自恃兵多将广，根本不把晋国那点军队看在眼里。他准备以多胜少，速战速决。第一战，苻坚派出二十五万人与晋国军队交战。没想到谢石、谢玄出奇兵，导致秦军损失惨重。秦军士气低落，军心动摇，纷纷向后逃跑。这时，苻坚看到晋国军队阵形严整，气势高昂。再回头望山上，感觉上面的一草一木都像晋国的士兵。苻坚对自己的弟弟说："敌人太强大了，怎么说晋国军队不足呢？"苻坚后悔自己的轻敌。

年终且读柳泉书（打成语一）　　谜底：聊以卒岁。

谜面"柳泉"指的是蒲松龄的号"柳泉居士"，而他的书就是

《聊斋志异》。

聊以卒岁的典故：晋平公四年，范宣子执掌国政，排挤与自己矛盾甚深的栾氏。按说范宣子的女儿嫁给栾氏儿子栾黡（音yǎn），还生有一个儿子栾盈，范宣子与栾氏是儿女亲家关系。但范宣子为了权力，在晋平公的命令下，还是赶跑了栾盈，并将其同党羊舌虎等人杀害。羊舌虎的哥哥叔向被抓进大牢，不仅不悲伤，反而说："优哉游哉，聊以卒岁。"意思是可以在牢里无忧无虑地度过余生，感到很幸福。大夫祁奚听说此事，就劝说范宣子向晋平公求情，要求放了叔向。后来叔向做了晋国的太傅、上大夫。

猴子捞月，精卫填海。（打成语一）　谜底：落井下石。

落井下石的典故：唐代文学家韩愈和柳宗元二人是相交相知多年的好友。柳宗元死后，韩愈曾作《柳宗元墓志铭》追悼之。韩愈回忆了柳宗元的一件事。

有一年，柳宗元被贬至柳州，刘禹锡被贬至播州。当时播州是未开发的地区，位置偏僻，生活艰苦，普通人难以居住。柳宗元得知此

陕西咸阳彬县水口乡苻坚墓

广西柳州柳侯公园内柳宗元衣冠冢

事后，就冒着罪上加罪的危险，上书皇帝，请求与刘禹锡互换，让刘
到柳州来，自己到播州去。

　　韩愈写到这里，颇有感慨。他笔锋一转，抨击那些平时围在身
边吃吃喝喝、溜须拍马的小人。一旦遇到利益就一哄而上，翻脸不认
人。看到有人落难，不仅不伸援手，还"反挤之，又下石焉"。意思
是：不仅不帮忙，还排挤人家，将人挤到井里，还往下扔石头。这种
行为，怎么能与柳宗元这样的君子相提并论呢？这样的小人看到柳宗
元的行为不会感到羞愧吗？

　　　　画地为牢（打成语一）　　谜底：固（亦作"故"）步自封。

　　画地为牢的典故：相传在很久以前，生活在中国土地上的人们
道德高尚，行为自律。如果一个人不小心犯了错误，他就会在地上画
个圈，自己站在里面不出来，以示惩罚。而且不需要旁人的监督，完

全出于自觉。周文王时,武吉嘲笑姜子牙用直钩钓鱼,子牙为武吉相面说:"你今天入城会打死人。"武吉大怒而去,担柴入城误将王相触死。文王在地上画牢,旁边竖起一块木板代替狱吏,武吉就站在"牢"里接受惩罚。武吉母前往姜子牙处求救。子牙收其为徒,授其兵法。后姜子牙与武吉师徒二人同为文王效力,讨伐纣王。

故步的典故:东汉班嗣的家中有很多藏书,附近读书人常来家中借书。班嗣学习儒学,但更爱老庄,认为老庄的哲学淡泊名利,与儒家的忠孝仁义不同。当有儒生前来借阅老庄的书时,他常常劝人家既然已经习儒,就不要学老庄了,否则就像邯郸学步,最后"失其故步",连自己的儒学都忘记了。

自封的典故:晋代庾阐在《断酒戒》中,认为酒瘾一发,自己本性全无,丧失了自我。就将家中一切与酒有关的杯、碗、壶、樽等器皿悉数打破,以示戒酒的决心。他的一个朋友听说后非常生气:"酒自古以来便为人所爱,连古代圣贤闲来无事也要喝上几口,子独区区,检情自封,你怎么一个人将酒具打破,把自己限制起来了?如果你嘴上戒掉了,心里还是想着它,那又有什么用?"庾阐说:"人生下来是没有欲望的,欲望是在后天环境中受到周围环境影响慢慢养成的。如果将诱因去掉,心就不会有杂念,就会快乐。我戒酒不只是戒酒,还要戒心。"朋友觉得庾阐说得有道理,点头称是。

后人将"故步"和"自封"合在一起,形容因循守旧,不思进取。亦作"固步自封"。

第九章 杂项灯谜

一、年号官职谜

孤星残月别在吴（打年号一）　谜底：天启。

　　"天启"这个年号共有三位皇帝用过，他们是：南诏劝丰祐年号（？—859）、元末徐寿辉年号（1358—1359）、明熹宗朱由校（1621—1627）。

　　来日大展中兴业（打年号一）　谜底：天显。

　　天显（926—938）是辽太祖耶律阿保机的最后一个年号，此时中原是五代十国时期。耶律阿保机，汉名

明熹宗朱由校

耶律亿，辽代开国君主。辽太宗耶律德光继位后，沿用天显年号。938年，改年号为"会同"。

汕头全显新风貌（打年号一）　　谜底：太平。

"太平"先后被八位中国皇帝用作年号，他们是：三国吴会稽王孙亮年号（256—258）、西晋时赵廞年号（300—301）、十六国北燕冯跋年号（409—430）、柔然伏名敦可汗年号（485—491）、南朝梁敬帝萧方智年号（556—557）、隋末林士弘年号（616—622）、辽圣宗耶律隆绪年号（1021—1031）、元末起义军徐寿辉年号（1356—1358）。

千载人生咏别离（打年号一）　　谜底：永和。

"永和"先后被六位中国皇帝用作年号，他们是：东汉汉顺帝刘保（136—141）、东晋晋穆帝司马聃（345—356）、十六国时期后秦姚泓（416—417）、十六国时期北凉沮渠牧犍（433—439）、五代十国闽国太宗王延钧（935）、台湾民变领袖朱一贵（1721）。此外，日本北朝后圆融天皇亦用"永和"为年号（1375—1379）。

国家级保护文物唐景云钟，钟上铭文292字为唐睿宗李旦亲自撰文并书写，此钟现存于陕西西安碑林博物馆。西安钟楼西北角的唐景云钟为仿制品

开窗明月进（打年号一）　　谜底：光宅。

光宅是唐睿宗李旦的

年号，仅持续三个月时间（684年9—12月）。由于武则天掌权，一般将其看作是她的年号。

会朔春昔凉初透（打年号一）　谜底：景明。

"景明"是北魏宣武帝元恪的第一个年号，共计四年时间（500—504）。元恪在位16年，共用过景明、正始、永平、延昌四个年号。515年，元恪去世，终年33岁。

一杆哨棒打天下（打年号二）　谜底：武定、开皇。

武定是东魏孝静帝元善见所用的第四个年号，历时八年（543—550）。元善见534年即位，年仅11岁。他在位17年，用过天平、元象、兴和、武定四个年号。28岁时，被权臣高洋以毒酒毒死。

开皇是隋朝开国皇帝隋文帝杨坚的年号，历时20年（581—600）。杨坚创建隋朝，统一中国，实行三省六

唐·阎立本绘《隋文帝杨坚像》

部制，开创科举，制定《开皇律》，史称"开皇之治"。

万年书（打年号一）　谜底：永历。

永历是南明皇帝朱由榔的年号，历时37年（1646—1683）。朱由榔是万历皇帝之孙，1646年他在广西即皇帝位，以明年为永历元年。1662年，朱由榔被吴三桂绞杀。之后，郑成功长子郑经在台湾一直使用此年号，直到其次子郑克塽降清。

集体会诊（打年号一）　谜底：顺治。

顺治是清朝定都北京后的第一个皇帝，他的全名是爱新觉罗·福临。在位时间18年（1644—1662）。死后谥号简称章皇帝，庙号世祖。

说明（打年号一）　谜底：道光。

山穷水尽（打年号一）　谜底：道光。

道光是清朝入关后的第六位皇帝，他的全名是爱新觉罗·旻宁。道光在位30年，经历鸦片战争，签订《南京条约》，使中国沦为半封建、半殖民地社会。

年年增产有余粮（打年号一）　谜底：咸丰。

咸丰是清朝入关后的第七位皇帝，他的全名是爱新觉罗·奕詝。咸丰20岁登基，31岁病逝，共在位11年。在位期间，发生太平天国起义、八国联军火烧圆明园。他被后人称为是无远见、无胆识、无才能、无作为的"四无"皇帝。

整洁公司（打朝代连帝号一）　谜底：清同治。

同治是清朝入关后的第八位皇帝的年号，他的全名是爱新觉罗·载淳。同治在位13年，即1862—1874年。他在位期间，虽然地方农民起义不断，但他采用洋务派"自强"和"求富"的方针，开办一些新式工业，训练海军和陆军，增强了国家政权实力，被清朝统治阶级称为"同治中兴"。

清文宗咸丰皇帝

春柳映月（卷帘格，打年号一）　谜底：光绪。

光绪是清朝入关后的第九位皇帝的年号，他的全名是爱新觉罗·载湉。他是慈禧的外甥，在位34年（1875—1908）。在位期间，起用康有为、梁启超进行"戊戌变法"，仅维持一百零三天，就告失败，史称"百日维新"。光绪皇帝庙号清德宗，谥号简称景皇帝。

絮（打古代官职一）　谜底：祭酒。

祭酒是汉魏以后的官名，本意是部门之长。汉代有博士祭酒，即博士之长；晋代有国子祭酒，即国子学之长；隋唐有国子监祭酒，为国子监之长。清末废弃祭酒之称。

入监肄业（打古代官职一）　谜底：大学士。

大学士，古官职，唐中宗李显景龙二年始设立，一般由宰相兼任，位高权重。宋、明均设大学士。清代依旧设立大学士，其中满、汉大学士各三人。大学士分二等，即大学士、协办大学士。大学士为正一品，掌管国政、诏命、宪典、实录、会试等国家重要工作，协办大学士为从一品，负责辅佐大学士的工作。

满脸杀气（打古代官职一）　谜底：宰相。

宰相（打古代官职一）　谜底：县丞。

宰相是皇帝之下负责处理国家政务的职务最高的文官。历史上，只有辽代以宰相为正式官名，其他朝代的同等职务多以丞相为官名。

县丞，古官名，始设于战国，为县令的辅佐官。秦汉均设县丞，典文书及仓狱。明清时期，县丞为正八品官，相当于副县长。不过明朝规定凡方圆不及20里者不设县丞；清朝中国有1300多个县，设置县丞仅345人。

画眉笔（打古代官职一）　谜底：内阁中书。

内阁中书是清代官职，负责撰拟、记载、翻译、缮写等工作，相当于今天政府中的秘书处。内阁中书编制为满洲七十人，蒙古十六人，汉军八人，汉族三十人，官从七品。

八法之宗（打古代官职一）　谜底：尚书。

尚书从隋朝起为六部长官，即吏户礼兵刑工六部尚书，相当于今天中央政府的部长。明代尚书是正二品，清代满尚书为一品，汉尚书为二品。顺治十六年（1659）均改为正二品，雍正八年（1730）满汉尚书均升为从一品。

王者之师（打古代官职一）　谜底：太傅。

太傅，古官名，周代始设。历代沿置，多用为大官加衔，无实职。清代太傅位列太师、太傅、太保三公之一，正一品。太傅一衔多赐给皇帝身边的近臣。太傅在西汉时称为太子太傅，是辅导皇太子学习的师傅。

计划用电（打古代官职一）　谜底：节度使。

节度使是唐代开始设立的地方军政长官。因受职之时，朝廷赐以旌节，故称节度使。辽金分别于大州设立节度使，元代废。

跳涧虎枪搠九纹龙（打古代官职一）　谜底：刺史。

刺史，古官名，汉代始设。刺，有检查核问之意，刺史司监察之职。王莽时期，改刺史为州牧，将其升级为地方军事行政长官。谜面"九纹龙"别解为《水浒传》中的"史进"。

二、历史人物谜

乱红一簇初吐时（打商代人物一）　谜底：纣王。（魏育涛）

纣王，是商朝末代君主，子姓，名受，谥帝辛，在位长达30年。周武王称其为"纣王"。帝辛在位，重视农桑，社会发展，国力强盛，统一东南，有功于后世。

绕村一周（打春秋战国人物一）　谜底：庄周。

庄周（约前369—前286），即庄子，春秋战国时期思想家、哲学家。他主张"天人合一"和"清静无为"，代表作有《庄子》《逍遥游》《齐物论》。后世将其与道家始祖老子并称为"老庄"。

位于河南省鹤壁市淇县西岗乡淇河西岸的帝辛之陵

干杯（卷帘格，打春秋战国人物一）　谜底：钟离春。

钟离春，又名钟无艳、钟无盐，齐宣王的夫人，是中国古代四大丑女兼才女之一。谜面"干杯"别解为"唇离开酒盅"，谜底"钟离春"按照卷帘格规则倒读为"春（唇）离钟"。

婴儿素（打春秋战国人物一）　谜底：小白。（张忠和）

小白（前685—前643），姜姓，春秋时齐国国君齐桓公。因其是齐国公子，亦称其为公子小白。小白任齐国国君后，用管仲改革，"尊王攘夷"，成为春秋五霸之首。

冠盖满京华（破锦格，打春秋战国人物一）　谜底：管仲。

管仲（前723—前645），史称管子，春秋时期齐国著名政治家、军事家，被称为"春秋第一相"，辅佐齐桓公完成春秋霸业。

破锦格要求谜底在两字或两字以上，且将谜底的字不拘上下、左右，字字拆开来扣合谜面。谜底"管仲"按照破锦格规则别解为"个个官中人"扣合谜面。

洞察一时（打春秋战国人物一）　谜底：孔子。

孔子（前551—前479），名丘，字仲尼，春秋末期思想家、教育家、儒家思想创始人。他被历代称为"万世师表"，其思想对整个东亚、越南等都有深远影响。他的言论被其弟子结集为《论语》，至今影响后人。

孔子像

三更尚道（打春秋战国人物一）　谜底：子路。（何鹏飞）

子路（前542—前480）是孔子的得意门生，名仲由。他性格率直，敢于批评孔子。孔子非常欣赏他，说他使自己"恶言不闻于耳"。谜面"三更"在古代指"子时"。谜底"子"扣"三更"。

山东剧团（打春秋战国人物一）　谜底：鲁班。

鲁班，相传姓公输，名般，是中国古代出色的发明家，中国木匠的祖师。谜面"山东"别解为"鲁"；"剧团"别解为"戏班"，谜底扣合谜面。

天津蓟县鲁班庙内鲁班及其四徒弟像，从右至左：石匠、木匠、鲁班、瓦匠、银匠

相当清白（秋千格，打春秋战国人物一）　谜底：廉颇。

廉颇，战国时赵国名将。廉颇和蔺相如的故事"将相和"深入民心，其中一句"廉颇老矣，尚能饭否"更是流传甚广。按照秋千格的规则，谜底倒读为"颇廉"，意为"相当廉洁"扣合谜面。

思前想后执己见（打春秋战国人物一）　谜底：田忌。（陈见生）

田忌，战国时齐国名将。他的名字与成语有联系，他的成功与军事家孙膑有关系。"田忌赛马"时，他用孙膑的方法赢得比赛；"围魏救赵"时，他用孙膑的计谋取得胜利。谜面"思前"别解为"田"；"想后"别解为"心"；"执己见"是将"己"放在"心"上，组成"忌"字。

门下栅栏旧时燕（打春秋战国人物一）　谜底：扁鹊。（庄荣坤）

扁鹊，姓秦，名越人，春秋战国时期名医。由于他的医术高超，被认为是神医，人们借用上古神话黄帝时神医"扁鹊"的名字来称呼他。谜面"门"别解为"户"，下面有栅栏就是"扁"字。

车裂苛刑（打春秋战国人物一）　谜底：荆轲。（崔宏）

荆轲，姜姓，战国末期卫国人，以"荆轲刺秦王"留名后世。行刺不成，被秦王拔剑杀掉。谜面"裂苛"别解为"廿""可"，将它们与"车""刑"重新组合，射得谜底。

产需双方需见面（打春秋战国人物一）　谜底：颜回。（韩彦荣）

颜回，字子渊，春秋时期鲁国人，孔子弟子。孔子赞其"好学"，还大赞"贤哉回也"，后世称他为颜子。

中国人民邮政1999年发行的《荆轲刺秦王》邮票

边魂欲斩半生孤（打春秋战国人物一）　谜底：鬼谷子。
（陈健聪）

鬼谷子，即王诩，又名王禅，春秋人。他入山采药修道，隐居鬼谷，自称鬼谷先生。他是纵横家的鼻祖，也是春秋战国时期著名的思想家、谋略家、兵家、教育家。他是中国历史上第一奇人，他的弟子孙膑、庞涓、苏秦、张仪均非等闲之辈。谜面"边魂"为"鬼"；"欲断"为"谷"；"半生孤"为"子"。

从（骊珠格）　谜底：列人·重耳。

重耳，即晋文公，姬姓。在外流亡十九年后，回到晋国做国君，开创霸业，史称"齐桓晋文"。成语退避三舍、秦晋之好都是与他有关的故事。列人是谜目，指东周列国人名。

入陕六十年（打秦代人物一）　谜底：秦二世。（杜心宁）

秦二世（前230—前207），名胡亥，秦始皇嬴政第十八子。他宠信赵高，性情残暴，激起陈胜吴广起义。后被赵高心腹杀死，年仅24岁。一世为三十年，二世为六十年。谜面"陕"为"秦"；"六十年"别解为"二世"。

十分如意（打春秋战国人物一） 谜底：毛遂。

毛遂，战国时期赵国人，是赵国平原君门下食客。他自荐出使楚国，促成楚、赵合纵。毛遂在楚国唇枪舌剑，以三寸之舌，强于百万之师。后被平原君待为上客。成语"毛遂自荐"说的就是这个故事。

大水细流（打春秋战国人物一） 谜底：庞涓。

庞涓，战国时期魏国大将。孙膑围魏救赵时，大败庞涓于"桂陵之战"。后庞涓迎战援救韩国的齐军，中了孙膑的增兵减灶之计而冒进。于马陵遭到齐军伏兵攻击，兵败自杀。

平反昭雪（打春秋战国人物一） 谜底：屈原。

屈原，名平，号灵均，战国时期楚国人，中国最伟大的浪漫主义诗人之一。他开创了"楚辞"文体，代表作有《离骚》《九歌》。屈原政治理想破灭后，投汨罗江自杀，人们怕鱼吃掉屈原尸体，便向水中投米。后世为纪念屈原，定每年五月初五为端午节，还要在这天吃粽子。

客人给小费（打春秋战国人物一） 谜底：西施。

西施，亦称西子，春秋时期越国美女。越王勾践败于会稽，为迷惑吴王，将西施送给夫差。越国打败吴国后，西施与范蠡泛游五洲，不知去向。西施与王昭君、貂蝉、杨玉环并称为中国四大美女。客位在西，谜面"客人"别解为"西"；"给小费"别解为"施舍"。

屈原祠，始建于公元820年，位于湖北宜昌秭归县向家坪

逐步达小康（打秦代人物一）　　谜底：徐福。

徐福，即徐市，鬼谷子关门弟子，通晓气功、修仙和武术。秦始皇登基后，派徐福出海采仙药，结果一去不回。据说徐福到了日本，并定居下来。

古都邯郸在腾飞（打秦代人物一）　　谜底：赵高。

赵高，秦二世胡亥的大臣。秦二世即位后设计陷害李斯，并成为丞相，后派人杀死秦二世，不久后被秦王子婴所杀。

邯郸，春秋时期赵国都城。公元前386年赵敬侯迁都于邯郸，这个城市做了158年的赵国都城。谜面"古都邯郸"别解为"赵"。

报道敌军宵遁（打秦代人物一）　　谜底：陈胜。

陈胜，秦末农民起义首领。因无法按时到达征兵的地点，与吴广在大泽乡高喊"王侯将相，宁有种乎"，奋而起义。后在陈县建立张楚政权，不幸被车夫杀害，成为千古遗恨。

毛领子（打秦代人物一）
谜底：项羽。

项羽（前232—前202），秦末农民起义军领袖，中国古代杰出军事家。秦亡后，项羽自立为西楚霸王，统治黄河及长江下游梁、楚九郡。后在楚汉战争中被刘邦打败，于是"霸王别姬"，项羽在乌江自刎。

霸王祠内项羽像。霸王祠，亦称项羽祠，始建于公元前202年，位于安徽省马鞍山市和县乌江镇

三年裁缝眼是尺（打汉代人物一）　谜底：张衡。（汪金鼎）

张衡（78—139），字平子，东汉时期伟大的天文学家、数学家、发明家、地理学家、文学家。官至尚书，制作浑天仪，著有《灵宪》，全面体现其天文学方面的造诣。

代为摄政（秋千格，打汉代人物一）　谜底：王充。

王充（27—约97），字仲任，哲学家。王充祖上显赫，在王莽时代达到巅峰，成为天下第一姓。不过，王充自称"孤门细族"，不沾上辈风头。他一生读书，仕途不畅，仅做过郡县僚属。他的代表作《论衡》，是中国古代的一部"百科全书"。

郎君操之过急矣（骊珠格）　谜底：汉人名·王莽。

王莽（前45—23），字巨君。公元8年，王莽代汉建新朝，推行新政，史称"王莽改制"。王莽在位15年，68岁时，死于乱军之中。

降温警报（白头格，打汉代人物一）　谜底：韩信。

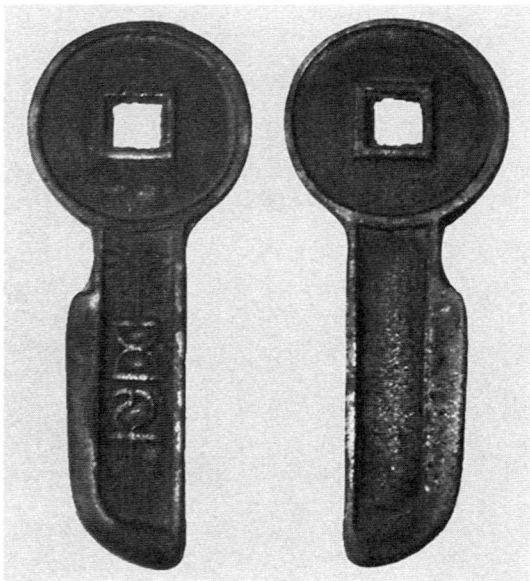

王莽摄政时期铸造的货币——金错刀，刀上篆文为"一刀平五千"。"一刀"二字为阴刻，字陷处填以黄金，然后打磨，与钱面持平

韩信（？—前196），中国历史上最杰出的军事家。先事楚王项羽，后从汉王刘邦，为汉朝肇建立下赫赫战功。后被刘邦以谋反罪名处死。韩信被后人称为"兵仙""战神"。

挥鞭驱车走天下（打汉代人物一）　谜底：司马迁。（刘兰懿）

司马迁（约前145或前135—？），字子长，中国古代伟大的历史学家、文学家，被后世尊称为"史圣"。代表作《史记》记载中国三千年历史，是中国第一部纪传体通史。

谁主红楼（打三国人物一）　谜底：曹操。

曹操（155—220），字孟德，东汉末年著名政治家、军事家、文学家。他是曹魏政权缔造者，自封为魏王，即魏武帝。《红楼梦》作者为曹雪芹，即"曹氏操纵红楼"。

隐者自怡悦（打晋代人物一）　谜底：陶潜。（林少亮）

陶潜（365或372或376—427），即陶渊明，字元亮，东晋文学家、诗人。因不为五斗米折腰，他解印辞职，归隐田园，至死不仕。代表作有《归田园居》《饮酒》《桃花源记》。

回眸一笑（打晋代人物一）　谜底：顾恺之。（刘荣贵）

顾恺之（约348—409），字长康，中国古代著名画家。他精于

东晋画家顾恺之《洛神赋图》局部

人像、佛像、禽兽、山水绘画，被时人称为三绝，即画绝、文绝和痴绝。代表作有《洛神赋图》《女史箴图》等。

六出祁山（秋千格，打唐代人物一）　谜底：魏征。

魏征（580—643），正确的写法应为魏徵，字玄成，唐朝政治家。他以直言敢谏著称，是中国历史上最富盛名的谏臣。"水能载舟，亦能覆舟"就是魏征劝谏唐太宗李世民时所说的名言。

一地鸡毛（打唐代人物一）　谜底：陆羽。（兴山柏）

陆羽（733—约804），字鸿渐，中国"茶圣""茶神"。陆羽精于茶道，著有《茶经》，是世界上第一部茶叶专著。

春雨秋凉去海南（打唐代人物一）　谜底：秦琼。（那荣臻）

秦琼，字叔宝，唐代名将。追随唐高祖李渊父子南征北战，出生入死，立下赫赫战功，位列凌烟阁二十四功臣之末，尊为胡公秦琼。民间信奉秦琼武力，将其与尉迟恭尊为门神。

独步青云梯（打唐代人物一）　谜底：武则天。（林永培）

武则天（624—705），中国历史上唯一一个正统女皇帝。690年，她改唐为周，自立为武周皇帝，成为中国历史上即位年龄最大的皇帝。武则天死时82岁，也是中国历史上长寿皇帝之一。毛泽东评价她"既有容人之量，又有识人之智，还有用人之术"。

心如明镜台（打唐代书法家一）　谜底：怀素。（洪祥万）

怀素（725—785），字藏真，僧名怀素，俗姓钱，长沙人。幼年好佛，出家为僧。他是中国历史上著名的书法家，尤擅"狂草"，与张旭并称"张颠素狂"。代表作《自叙帖》现藏于台北故宫博物院。

蚕头雁尾描红字（打唐代人物一） 谜底：王维。（黄冬妮）

王维（701？—761），字摩诘，唐代著名诗人，人称"诗佛"。他精通佛学，尤爱禅宗。他擅长五言诗，现存诗400首。代表作有《九月九日忆山东兄弟》《山居秋暝》等。

武则天手书《升仙太子碑》拓片，此六字用"飞白体"书写，被历代书法爱好者视为珍品。碑文记述周灵王太子晋升仙故事，借以歌颂武周盛世

松柏作伴了一生（打唐代诗人一） 谜底：李白。（顾道明）

李白（701—762），字太白，号青莲居士，唐代最伟大的诗人之一，人称"诗仙"。现存诗作1000余篇，代表作有《蜀道难》《将进酒》《行路难》等。

春回浦东大地新（打唐代诗人一） 谜底：杜甫。（梁信德）

杜甫（712—770），字子美，唐代最伟大的诗人之一，与李白并称为"李杜"。约有1500首杜甫作品保留至今，代表作有《茅屋为秋风所破歌》《闻官军收河南河北》等。

围魏救赵离齐国（打宋代人物一）　　谜底：包拯。（张哲源）

包拯（999—1062），字希仁，今安徽合肥人。他历任宋三司户部判官、开封知府、御史中丞、三司使等职。在开封时，明断冤狱，被民间称为"包青天"。

风调雨顺（掉头格，打宋代人物一）　　谜底：文天祥。

文天祥（1236—1283），字履善，自号文山，南宋民族英雄。文天祥在与元军战斗时被俘，不愿接受高官厚禄投降，从容就义。代表作有《过零丁洋》《正气歌》。

掉头格的规则是谜底要三个字以上，将谜底第一个字与第二个字换位读，即读作"天文祥"。

文天祥纪念馆，位于江西省吉安县城东

三山半落青天外（打宋代人物一）　　谜底：岳飞。（史宝明）

岳飞（1103—1142），字鹏举，北宋名将，民族英雄。由于军事才能突出，他被誉为宋、辽、金、西夏时期最杰出的军事家。小时候，岳母刺字忠告他要"精忠报国"；长大后，智勇杀敌，保家卫国。39岁，被秦桧等人以莫须有的谋反罪名杀害于临安风波亭。1162年，宋孝宗赐谥号武穆，宋宁宗时追封岳飞为鄂王，改谥忠武。

谜面出自李白七律《登金陵凤凰台》，全诗是："凤凰台上凤凰游，凤去台空江自流。吴宫花草埋幽径，晋代衣冠成古丘。三山半落青天外，二水中分白鹭洲。总为浮云能蔽日，长安不见使人愁。"

謪（打宋代人物一）　　谜底：贾似道。

贾似道（1213—1275），字师宪，南宋权臣。宋理宗时，蒙古入侵。右丞相贾似道在前线与蒙古私下议和，后谎称得胜，取得理宗赏识和信任。蒙军围攻襄阳，贾似道隐匿不报。宋度宗派其出征，他就买通大臣，向度宗进言贾似道应该留在朝内坐镇，不应上前线。度宗死后，蒙军逼近临安，谢太皇太后将贾似道贬至广州以平民愤。途中，县尉郑虎臣将其杀于厕所内。谜面"謪"由"言"和"商"构成，"商"古指行商；"贾"（音gǔ）指坐商，商贾泛指商人。

患病忌辣（打宋代人物一）　　谜底：辛弃疾。

辛弃疾（1140—1207），字幼安，号稼轩，南宋词人。历任湖北、江西、湖南、福建、浙东安抚使，一生力主抗金。代表作有《永遇乐·京口北固亭怀古》，其中一句"凭谁问，廉颇老矣，尚能饭否"传唱至今。

三人聚会秋枫前（打宋代人物一）　　谜底：秦桧。（陈洪庆）

秦桧（1090—1155），字会之，中国历史十大奸臣之一。中进士后，初任太学学正。北宋末年与宋徽宗、宋钦宗一起被金人掠走。获释南归后，任礼部尚书、丞相。不过，他以莫须有罪名毒死民族英雄岳飞，也因此遗臭万年。

浙江杭州岳庙秦桧王氏夫妇跪像

床前明月光（卷帘格，打宋代人物一）　　谜底：李清照。

李清照（1084—约1155），号易安居士，南宋著名女词人，婉约派代表。代表作有《声声慢·寻寻觅觅》《一剪梅·红藕香残玉簟秋》等。

将心萦系，穿过一条丝。（打明代人物一）　谜底：罗贯中。（黄冬妮）

罗贯中（约1330—约1400），名本，"贯中"是其字，元末明初著名小说家、戏曲家。代表作《三国演义》。谜面出自宋无名氏词《九张机》，其中有"薄情自古多别离，从头到尾，将心萦系，穿过一条丝"。谜底"罗"为"布"；"中"为"心"。

唐代通宝（打明代人物一）　谜底：李时珍。

李时珍（1518—1593），字东璧，号濒湖，晚年自号濒湖山人，中国历史上最伟大的医学家、药物学家。他历时27年，写就《本草纲

湖北蕲春县蕲州镇李时珍墓，现为全国重点文物保护单位

目》一书，是中国药物学巨著。

出师表（打明代人物名一）　谜底：文征明。

文征明，正确写法应为文徵明（1470—1559），名壁，"徵明"是其字，号衡山居士，世称"文衡山"。他诗书画俱佳，与唐寅唐伯虎等人并列"江南四大才子"。

智者不骄（骊珠格）　谜底：明人·于谦。

于谦（1398—1457），字廷益，官至少保，世称"于少保"。他历任御史、江西按察使、兵部右侍郎、河南巡抚、山西巡抚、兵部左侍郎、兵部尚书。明英宗在"土木之变"被俘后，于谦力主坚守京师，扶明景泰帝即位。后被以"谋逆"罪冤杀。

智者重团结（骊珠格）　谜底：明人·郑和。

郑和（1371或1375—1433或1435），原名马文和，小字三保，明朝伟大航海家。他10岁入宫为太监，后入朱棣的燕王府。在靖难之变中，为朱棣立下战功。朱棣赐姓改名郑和。1405—1433年，郑和七下西洋，完成历史壮举。

一管生花笔，千篇镂玉词。（打清代人物一）　谜底：李鸿章。（汪德亨）

李鸿章（1823—1901），字少荃，安徽合肥人，世人多称其为"李合肥"。又因官职北洋通商大臣、直隶总督、文华殿大学士，世人还称其为"李中堂"。他代表清政府签订《马关条约》，组建淮军，镇压太平天国，开展洋务，是中国近代史上最具争议的人物。

云南省晋宁县昆阳镇郑和公园郑和雕像

何以解忧（卷帘格，打清代人物一）　谜底：康有为。

康有为（1858—1927），原名祖诒，字广厦，号长素，广东南海人，故人称"康南海"。他是近代著名政治家、思想家、社会改革家、书法家。他信奉儒家学说，公车上书主张维新。后戊戌变法不成，逃亡国外。辛亥革命后，他回国拥护张勋复辟。70大寿后，病逝青岛。他学识渊博，著述甚多，代表作有《康子篇》《新学伪经考》等。

扁鹊（遥对格，打清代人物一）　谜底：高鹗。

高鹗（约1738—约1815），字兰墅，清代文学家。因酷爱《红楼梦》，续作后四十回，别号"红楼外史"。高鹗一生著述甚丰，多以"兰墅"为名，如《高兰墅集》等。

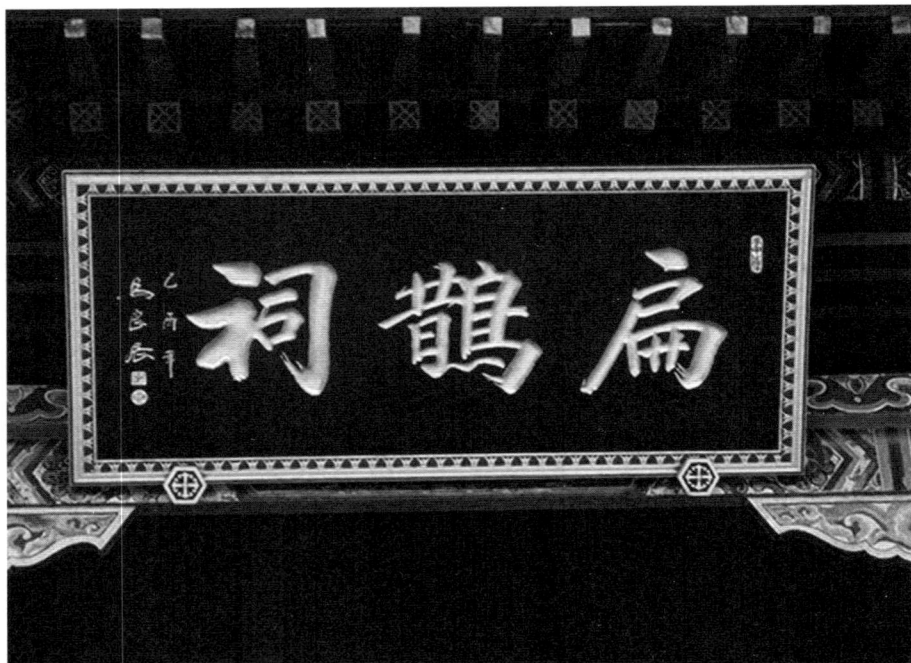

扁鹊祠，亦称药王庙、扁鹊庙，位于河北省任丘市北15公里的莫州大庙

三、人体部位谜

连日思君不见君（打字一）　　谜底：心。（陆建堡）

冰轮偏向城头挂（打字一）　　谜底：肚。（汪兴锥）

古月巧装来本市（打人体器官一）　　谜底：肺叶。（谷银宝）

喜从何来（打人体器官一）　　谜底：胎盘。（李浩德）

张三李四（掉尾格，打人体器官一）　　谜底：无名指。

侧面照（徐妃格，打人体器官一）　　谜底：膀胱。

谜格（打人体部位一）　谜底：虎口。

接踵（打人体部位一）　谜底：脚后跟。

千（打人体部位一）　谜底：舌头。

权力迷（打人体部位一）　谜底：巴掌。

攻克渝州（打人体部位一）　谜底：下巴。

喂奶室（打人体器官一）　谜底：乳房。

点头名状元（打人体部位一）　谜底：指甲。

眼看小孩到洞前（打人体器官一）　谜底：瞳孔。

陕西机构改革（打人体器官一）　谜底：耳朵。

双手捧接家慈令（打人体器官一）　谜底：拇指。

说话和气（打人体器官二）　谜底：声带、呼吸道。

满有把握（打人体器官二）　谜底：手掌、足。

四、疾病医药谜

古人断机为教儿（打医疗术语一）　谜底：休克。（崔宏）

分合庆幸会良人（打医疗术语一）　谜底：厌食。（詹志坚）

不经一事不长一智（打医疗术语一）　谜底：过敏。（李

泰和）

双方乱吹要核实（打医疗术语一）　谜底：咳嗽。（陈志琛）

同心到白头（打医疗术语一）　谜底：结石。（陈锡池）

淡中见俏无人及（打医疗术语一）　谜底：消炎。（曾建成）

洗尽甲兵长不用（打医疗术语一）　谜底：停搏。（李双）

青出于蓝而胜于蓝（打医疗术语一）　谜底：彩超。（曾志宏）

秋波映现皆桃李（打医疗术语一）　谜底：眼花。（邱谷安）

此汤补中病易好（打医疗术语一）　谜底：溃疡。（陈国庆）

驱车连夜赴重庆（打医疗术语一）　谜底：输液。（袁松麒）

望月而动（打医疗术语一）　谜底：O型血。（肖伯成）

春分一到去西部（打医疗术语一）　谜底：大三阳。（裴靖）

人生在世不称意（打医疗术语一）　谜底：安乐死。（陈世明）

居人未改秦时服（打医疗术语一）　谜底：衣原体。（杨少湖）

身是菩提树（打医疗术语一）　谜底：植物人。（张俊德）

离人难解江河恨（打医疗术语一）　谜底：禽流感。（蔡秋湖）

石下幽花斜吐艳（打医疗术语一）　谜底：舒张压。（袁朝领）

愚公移山意志坚（打医疗术语一）　谜底：动脉硬化。（肖伯成）

军中尽纳匪痞霸（打医疗术语一）　谜底：营养不良。（周涛）

空山寂寂放歌声（打医疗术语一）　谜底：静脉曲张。（习双庆）

日照阶痕香如初（打医疗术语一）　谜底：阳痿。（李创龙）

咬定青山不放松（打医疗术语一）　谜底：牙结石。（曾志宏）

遣送天风祛暑热（打医疗术语一）　谜底：支气管炎。（黄冬妮）

千树万树梨花开（打西药名一）　谜底：华素片。（覃儒林）

好箭（徐妃格，打病名一）　谜底：痢疾。

远虑（卷帘格，打西药名一）　谜底：安乃近。

花和尚、百胜将、金枪手（打西药名一）　谜底：达克宁。（蔡家枢）

对酷男说不（打西药名一）　谜底：杜冷丁。（刘国瑞）

马踏胭脂骨髓香（打西药名一）　谜底：芬必得。（林少亮）

夕来入梦河间去（打西药名一）　　谜底：法可林。（李创龙）

反误了卿卿性命（打西药名一）　　谜底：息斯敏。（秦向前）

见伊到来心神爽（打西药名一）　　谜底：斯达舒。（郭劲松）

归来秋菊正傲霜（打西药名一）　　谜底：复方黄连素。（黄亮）

周围绿化（粉底格，打西药名一）　　谜底：四环素。

行人一去影杳然（打中药名一）　　谜底：丁香。（吴凌涛）

三更残月映花前（打中药名一）　　谜底：川芎。（曾传武）

花前欲语话又停（打中药名一）　　谜底：白芷。（刘镇波）

文风雷同苦求变（打中药名一）　　谜底：艾叶。（吴凌涛）

昨夜西风过园林（打中药名一）　　谜底：地黄。（丁殿卿）

离休不离华夏地（打中药名一）　　谜底：杜仲。（申杰侯）

我从疏林向西走（打中药名一）　　谜底：枸杞。（蔡景盛）

十载同心更青春（打中药名一）　　谜底：桔梗。（杨继述）

繁红一夜经风雨（打中药名一）　　谜底：无花果。（麦家鹏）

回首东风一断肠（打中药名一）　　谜底：车前草。（陈盛强）

夕阳无限好（打中药名一）　　谜底：红景天（刘柱）

萧何封侯头未白（打中药名一）　　谜底：何首乌。

有虞氏官五十（打中药名一）　谜底：半夏。

某山某水吾童子时钓游所也（打中药名一）　谜底：熟地。

合十（打中药名一）　谜底：三七。

土生金（打中药名一）　谜底：地黄。

小人勿用（打中药名一）　谜底：使君子。

三千之客有毛遂（打中药名一）　谜底：人中白。

贯（秋千格，打中药名一）　谜底：贝母。

秋后（秋千格，打中药名一）　谜底：天冬。

早（卷帘格，打中药名一）　谜底：省头草。

四时与日月（卷帘格，打中药名一）　谜底：明天冬。

十一（掉头格，打中药名一）　谜底：兰草根。

讽（徐妃格，打中药名一）　谜底：琥珀。

夏至（徐妃格，打中药名一）　谜底：茯苓。

冰川（脱靴格，打中药名一）　谜底：寒水石。

娇女（脱靴格，打中药名一）　谜底：千金子。

卜（粉底格，打中药名一）　谜底：半夏。

工（粉底格，打中药名二）　谜底：巴豆、生姜。

喷花露水（白头格，打中药名一）　谜底：麝香。

耳语（梨花格，打中药名一）　　谜底：生地。

投毒（梨花格，打中药名一）　　谜底：砂仁。

乱卖（梨花格，打中药名一）　　谜底：芒硝。

马后炮（遥对格，打中药名一）　　谜底：车前子。

虎皮花（遥对格，打中药名一）　　谜底：龙胆草。

众（皂靴格，打中药名一）　　谜底：人参。

建筑工（破锦格，打中药名一）　　谜底：杜仲。

五、果蔬花卉谜

外出转眼二十载（打蔬菜一）　　谜底：萝卜。（周景富）

蒙古包（摘遍格，打蔬菜一）　　谜底：葫芦

一个鸡蛋打仗（打蔬菜一）　　谜底：青黄豆。

易牙之子（打蔬菜一）　　谜底：小白菜。

残阳如血映春城（打蔬菜一）　　谜底：西红柿。（明万有）

一江流水，两处相思。（打蔬菜一）　　谜底：豇豆。

太太换装，神采飞扬。（打蔬菜一）　　谜底：大头菜。

身长不差毫厘（摘遍格，打蔬菜名一）　　谜底：茼蒿。

鼓掌（摘遍格，打蔬菜一）　　谜底：荠菜。

不是卿家颜面美，天公何以乱加圈（摘遍格，打蔬菜名一）
谜底：蘑菇。

西风（粉底格，打蔬菜一）　　谜底：冬瓜。

小数不计（粉底格，打蔬菜名一）　　谜底：大蒜。

争权夺利有几回（打水果一）　　谜底：凤梨。（许建南）

洒泪别离一时孤（打水果一）　　谜底：西瓜。（周景富）

残花片片落巴林（打水果一）　　谜底：枇杷。（曾君）

老聃化身现阶前（打水果一）　　谜底：椰子。（苏宗彬）

绿叶成荫子满枝（打水果一）　　谜底：无花果。

明目张胆（徐妃格，打水果一）　　谜底：橄榄。

妊娠反应（徐妃格，打水果一）　　谜底：樱桃。

八目（白头格，打水果一）　　谜底：柿子。

落叶（白头格，打水果一）　　谜底：荔枝。

X（梨花格，打水果一）　　谜底：香蕉。

坶（打花卉名二）　　谜底：牡丹、牵牛

佛手（打花卉名一）　　谜底：仙人掌。

小钱两个（打花卉名一）　　谜底：文竹。

嫦娥下凡（打花卉名一）　谜底：仙客来。

衫寒不改容（打花卉名一）　谜底：冬青。

重放的鲜花（打花卉名一）　谜底：千里香。

一季度支出表（打花卉名一）　谜底：报春花。

离别四十见君面（打花卉名一）　谜底：芙蓉。

伯牙摔琴谢知音（打花卉名一）　谜底：吊钟。

秋灯暗淡明月隐（打花卉名一）　谜底：丁香。

池边堂前梅错落（打花卉名一）　谜底：海棠。

南岳梅花今半放（打花卉名一）　谜底：山茶。

望眼欲穿四十载（打花卉名一）　谜底：芭蕉。

残阳如血照峰峦（打花卉名一）　谜底：映山红。

扇枕温席（打花卉名一）　谜底：夜来香。

晦（打花卉名一）　谜底：月季。

焕乎其有文章（打花卉名一）　谜底：满天星。

巡天遥看一千河（打花卉名一）　谜底：满天星。

斗（打花卉名一）　谜底：百合。

中国广西（打花卉名一）　谜底：玉桂。

南海飘香（打花卉名一）　谜底：康乃馨。

春色三四点（打花卉名一）　　谜底：米兰。

广播费（打花卉名一）　　谜底：喇叭花。

如来佛拍手（打花卉名一）　　谜底：仙人掌。

少者最美（打花卉名一）　　谜底：茉莉。

九十九加一（秋千格，打花卉名一）　　谜底：百合。

西施入寝宫（下楼格，打花卉名一）　　谜底：睡美人。

六十岁（掉尾格，打花卉名一）　　谜底：指甲花。

人生七十古来稀（掉尾格，打花卉名一）　　谜底：老少年。

诗魂（徐妃格，打花卉名一）　　谜底：玫瑰。

雀在网中（摘遍格，打花卉名一）　　谜底：茑萝。

接着再分解（摘遍格，打花卉名一）　　谜底：莲花。

最后一号中奖（摘遍格，打花卉名一）　　谜底：茉莉。

高官（脱靴格，打花卉名一）　　谜底：一品红。

晚归（脱靴格，打花卉名一）　　谜底：夜来香。

高价炭（梨花格，打花卉名一）　　谜底：玫瑰。

木兰不愿尚书郎（骊珠格）　　谜底：花·报君知。

惟解漫天作雪飞（骊珠格）　　谜底：花·凌霄。

火神（遥对格，打花名一）　　谜底：水仙。

散伙（遥对格，打花名一）　　谜底：合欢。

送终（遥对格，打花名一）　　谜底：迎春。

难为情（脱靴格，打草名一）　　谜底：含羞草。

赫（打花卉名一）　　谜底：对红。

初尝山楂糕（打花卉名一）　　谜底：一品红。

葵酉迎春（打花卉名一）　　谜底：鸡冠花。

养老消费（打花卉名一）　　谜底：长寿花。

满朝朱紫贵（打花卉名一）　　谜底：一串红。

一直不走样（打花卉名一）　　谜底：木兰。

个个讲礼貌（打花卉名一）　　谜底：文竹。

六、商铺招牌谜

集体像（脱靴格，打北京老字号一）　　谜底：全聚德。

脱靴格，又名弃履格、无底格、力士格。要求谜底为三字以上词组，末一字不入谜意。

全聚德是中国著名老字号，创建于1864年。创始人杨全仁，用清宫挂炉烤鸭技术，烤制北京烤鸭，全聚德从此成为北京乃至全国饕餮客的最爱。

全聚德烤鸭店北京王府井店，匾额为乾隆皇帝御笔

唐僧归（脱靴格，打北京老字号一）　　谜底：西来顺。

西来顺是清真菜馆，成立于1930年。创始人是当时的北平市商会会长冷家骥和西单恒丽绸缎店经理潘佩华，总经理兼主厨是大名鼎鼎的御厨褚祥。开业不久，即因味道独特、鲜美异常而名闻京城。西来顺的名菜很多，最著名的是马连良鸭子。

物价低（脱靴格，打北京老字号一）　　谜底：便宜坊。

便宜坊创立于1416年，是一家著名的烤鸭店。与全聚德不同，便宜坊出售的是"焖炉烤鸭"。便宜坊，"便"读"biàn"。它的"花香酥"焖炉烤鸭是必尝佳品。

显贵客（脱靴格，打北京老字号一）　　谜底：月盛斋。

月盛斋，成立于1775年，是一家专门经营清真酱牛羊肉的老字号。它的创始人马庆瑞原在礼部祭典时做临时工，后来看到祭祀用的羊肉很好卖，就辞去工作，专门卖羊肉。他的生意一直很好，总是供不应求，就于乾隆四十年（1775）买下铺面，成立月盛斋。如今，月盛斋主要经营五香酱牛肉、酱牛肉、烧羊肉、烧牛肉等。

米味甜（脱靴格，打北京老字号一）　　谜底：稻香村。

稻香村创立于1895年，是京城生产经营南味食品的第一家店。创始人郭玉生采用前店后厂的模式，开办了"稻香村南货店"。如今，稻香村除经营各式糕点外，还经营新鲜熟肉、宫廷豆制品素菜、江米酒酿、年糕、炒红果等。

寺庙餐（脱靴格，打北京老字号一）　　谜底：全素斋。

全素斋的创始人刘海泉，少年时就在御膳房里工作，以烹调素菜为主，手艺出色。他做的异味卷果，深得慈禧喜爱，因此得名

北京全素斋牌匾

"御味卷果"。刘海泉离开御膳房的第三年，在东安市场摆摊卖素菜，获得"全素刘"的美誉。1953年，"全素刘"改名"全素斋"，采用前店后厂的经营方式。如今，全素斋已经成为中华老字号，它的四压桌、四冷荤、四炒菜、四大件，共十六道菜，是镇店之宝。

连句子（脱靴格，打北京老字号一）　谜底：成文厚。

成文厚起源于山东济南，1935年由吉林成文厚老板刘显卿出资，其子刘国梁在北京开设"显记成文厚"，是一家经营笔砚、课本、账簿等文具的商店。如今，成文厚已经跻身中华老字号，经营两千多种文化办公用品。

焊电路（脱靴格，打北京老字号一）　谜底：盛锡福。

盛锡福于1911年在天津成立，北京分店成立于1937年。主要经营

北京盛锡福牌匾

各式做工考究的帽子。如今，这家中华老字号已经蜚声国外，盛锡福的帽子也远销世界各地。

好男人（脱靴格，打北京老字号一）　谜底：瑞蚨祥。

瑞蚨祥成立于1893年，是中华老字号，主要经营丝绸、呢绒、棉布、皮货、中式服装及制作等。"蚨"是古代传说中形似蝉的昆虫，据说用其血涂钱，钱能飞回。"取其子，其母必回"。

志向一（脱靴格，打北京老字号一）　谜底：同仁堂。

同仁堂创立于1669年，创始人乐显扬。1723年，同仁堂开始供奉御药，历时188年。如今，这家中华老字号的药店已经遍及全世界。

重名誉（脱靴格，打北京老字号一）　谜底：荣宝斋。

荣宝斋，原名松竹斋，始建于1672年，主要经营笔墨纸砚，文

北京荣宝斋匾额两款。前为郭沫若题写，后为徐悲鸿手书

房四宝。1894年，改名为荣宝斋。如今，荣宝斋已有"民间故宫"之誉，收藏了大量古代名家字画。它经营过齐白石、黄宾虹、张大千、徐悲鸿等现代著名书画家的作品。